弄城记

苏守 —— 著

北方联合出版传媒(集团)股份有限公司
万卷出版公司

图书在版编目（CIP）数据

弄城记 / 苏守著.—沈阳：万卷出版公司，
2019.7（2021.8重印）

ISBN 978-7-5470-5166-5

Ⅰ.①弄… Ⅱ.①苏… Ⅲ.①长篇小说—中国—当代
Ⅳ.①I247.5

中国版本图书馆CIP数据核字（2019）第131198号

弄城记　　　　　　　　　　　　　　　版权所有　侵权必究

出品公司：	上海一漾影视文化有限公司
出版发行：	北方联合出版传媒（集团）股份有限公司
	万卷出版公司
	（地址：沈阳市和平区十一纬路25号　邮编：110003）
联系电话：	024-23284090/010-88019650
传　　真：	010-88019682
E - mail：	fushichuanmei@mail.lnpgc.com.cn
印 刷 者：	三河市兴国印务有限公司
经 销 者：	各地新华书店

幅面尺寸：	130mm×184mm		
字　　数：	221千字	印　张：	11
出版时间：	2019年7月第1版	印刷时间：	2021年8月第2次印刷

责任编辑：	李明	责任校对：	王洪强
装帧设计：	沉清Evechan	责任印制：	高春雨
内文插画：	慢鹨鹕		

如有质量问题，请速与印务部联系　联系电话：010-88019750

ISBN 978-7-5470-5166-5

定价：48.00 元

什么样是不老的你，

墨蓝色的雨天里一抹身影，

和着弄城最好的时光，

不分昼夜，不问来由。

我望见天空中倒挂的钟，

分针划过渐渐暗下去的蓝色，黑得深远。

想要告别的爬山虎，只有在夜里才看得见。

艰难而失败的一条路，究竟会以什么样的方式完结。

人要等到神的到来，不想接受爱的侵略。

那天自坡路上下来，

十年已经过去，我们在夜色中消失，

看见空旷的球场，还有远方的某处。

序

张 震

　　弄城的字语间让我开启了一条连结。这条连结开通了我的记忆，将我几乎遗忘埋藏已久的某些触感再度开启，我称这叫把开关打开。我们随着现在大环境快速的生活步调，随手可得的大量资讯，被推着往前进，物质、工作、家庭，这些虽然都是重要的，但自己觉得最重要的真正是什么，很多时候这好像被遗忘了。开关打开了，我发觉不是只有自己，他、她、它，每个瞬间都有一个故事，甚至随着气候的变化，仿佛可以感受到不同的湿度、温度、气味，这是浪漫的，是悲伤的，是跟现实相似的，是熟悉的。这一切很美，很动人。弄城中发生的事，有种熟悉的语言，又似一种抽离意境。曾经看过一篇序，序里提到过，小说有意思的地方就在于透过这本书，你会知道，在这世上某个地方有人会有和你一样的感同身受，但你要从书里找一个答案，那是不可能的，它毕竟是小说啊。于是，就这样一觉醒来发觉自己就在弄城里游走。

目 录

目录

就算临别亦有通电话

我怕死　你可不可以暂时让我睡

　　前一个晚上我不知是给Abel发第几条短信时睡着的，Abel在和我提出分手，我整夜都意识模糊，紧攥着手机，总是觉得信息已经发送出去，但在今天一早我醒来之时才发现，最后的短信停在了我这一条上，它还未被写完发送出去。我查看了一下最后一条收到的短信大概是何时，估算一下Abel差不多会等我多久，最后又看了看我想要发给Abel的短信，然后一口气删光了收件箱与发件箱。

　　我是被晒在我脸上的阳光弄醒的，今天早晨的阳光很大，晒在嘴角都能感受到一丝灼热的气息。我看看时间，是早上八点四十五分。打开窗子时瞧见对面正坐着一位从未在小区里见过的老人，他带着一条狗在听收音机。于是我也转身扭开了我的收音机，然后径直走向了洗手间。虽然不赶时间，可我仍然希望自己在洗漱上是迅速的，刷牙、剃须、洗脸很快就能按部就班地完成，回到房间时正好听到今日九点的整点报时。

这个频道的整点报时是我很喜欢的一个女主播播报的，她语速慵懒，有时会有些奇怪的断句，并且二十四个整点总是用一样的语气重复着一样的内容，她为此成为城中人们常常议论的对象，当然这些议论不是好的，是诸如家中有后台撑腰、不称职、是电台的累赘这类的差评。女主播的名字叫Varsha，我自己喜欢的却恰好是她这样一成不变的轻松态度。例如昨天她会在每一个整点都在说"各位听众朋友，今天是世界水日，希望你们为自己活在一个不平凡的世界而感到开心，也请记得告诉身边没有机会听到广播的朋友，并且让他们开心。"

今天的新闻内容是一个小国的国家元首出访一个曾经的敌国，一个国际级的女明星举行千万婚礼，还有一个普通人实现了自己要打破的纪录的梦想。信号有些不好，一直被干扰，我模模糊糊地听到最后，她在说："今天是世界末日，希望你们为自己活在一个不平凡的世界而感到开心，也请记得不要把这个日子告诉身边没有机会听到广播的朋友。"

世界末日？我端着刚泡好的咖啡静静地想了几秒，耳内一直萦绕着Varsha带着一些认真和快乐的女中音。我坐在电脑前上网搜了搜关于"世界末日"的东西，百度百科上显示出一个很久以前的传说，两部关于它的电影，两首以它为名的歌，还有一部与它有联系的小说。大致地浏览了一下，作了个收藏。

今天的任务是必须将替Xandy写好的报告给她，否则她会被她的上司骂得痛哭流涕。Xandy的上司其实是一个很喜欢讲烂gag的中年人，并没有Xandy说得那么恐怖。我不知道他是不是像所有的老板一样。上班下班两个模样，反正我从来只在下班的时段见过她的上司，还和他成了不错的朋友。不过这个上司私下里很白痴倒是真的，不光会不分场合、不分时宜地搞笑，还不知道Xandy的报告一向是我写的，更不知道Xandy喜欢他很久很久了。

　　今天十点我和Xandy约在了我们常去的一家港式茶餐厅，这家茶餐厅每天十点推出的早餐中餐一起吃的套餐成为我们必点的食物，套餐里包括一道万年不变的粉蒸肉（我和Xandy的最爱），一碟清爽可口的小菜和一碗清清淡淡的例汤。我们必点这份套餐不光是因为好吃，还因为有天我和Xandy同时对做出这份套餐的厨师感到兴趣而偷偷地潜入厨房时，发现玻璃前安静地一丝不苟地烹调这份套餐的厨师竟然是我们高中时代最好的朋友Warren。我俩望着他，喘不过气来，我看见Xandy憋住呼吸，潸然泪下，我想冲进去找他，却被Xandy拉住，她捂住自己的嘴巴，眼泪刚好落入指缝间，她摇了摇头，跑出了厨房。

　　那顿饭大概是我人生中吃的最不开心的一顿，我和她各自想着以前的事情。在整个最美好的高中时代，我们三人曾经是最好的朋友，后来我和Xandy不经意间很轻率地恋爱了，一些感觉和误会致使陪在我们身边的Warren离开了我们，再后来没过多久我们便分手了，但Warren却永远地离开了我们的生活。明明是共同的回忆，却鲜少拿出来一起分享。

　　Xandy晚到了十分钟，正好套餐已经送上来了，我将报告交到Xandy的手里，叮嘱她要在上司下午来公司之前放在他的办公桌上，并且自己不要偷看这份报告。Xandy一向很相信我的话，所以也没有多问我为什么。Xandy带了一些在她去外地出差时买的礼物给我，每一次的礼物都是她在那个城市吃冰棒留下的冰棒棍，她知道我喜欢那种软木的质地，摸上去有一种踏实的感觉。她曾经有一个冬天跑遍了整个小镇被冻得可怜也要吃掉冰棒，也曾经因为忘记这回事，已经把冰棒棍折成两段，然后又细心地用透明胶把冰棒棍粘上。Xandy就是这样一个简单的人，她的朋友不多，二十几年来的生活也很平淡，恋爱过两次，一次是和我，一次便是和她的上司。整件事中最为遗憾的是她的上司家里还有一个很好的老婆，Xandy说她没有勇气去追求爱，唯有在公司勤勤恳恳打一份工，等待今后的命运。

　　我问Xandy最近有没有桃花运，她笑笑说我们老大不小了，真有桃花也不会相信啊。那时我想起曾经我看过的一篇她的博客，她说以前她是相信缘分的，但那之后才发现自己把握不了缘分，倒不如不相信。她笑的时候，眼角纹皱得厉害，我再抬头看了看她的头发，无故又多了几根白头发，我说要帮她拔掉几根，她嫌痛拒绝了。我收回手，拿起筷子，夹起最后一块粉蒸肉吃掉后，掏出手机给Abel发了一条"很想你"的短信。

闲话了几句之后，我们便分道扬镳了，Xandy要赶回去交报告，看来她可能还不知道今天是世界末日的事情，我又嘱咐了一遍让她注意的事项才告别。下午没有什么事，我特意选了一条较远的路回家，那条路有家我常去的书店，常去的原因并不稀奇，也只是因为我常绕远路回家。这条路的大树常常将路笼罩得很凄凉，走在路上会有一种在等待的感觉，我相信这样的感觉很多人都有，有些时候我们什么都做不了，面对一些徒然的举动或者还未到来的平静对于我们都很艰难。

　　在书店里一本我喜欢的作者写的侦探小说上架，被摆在了畅销书的位置，很多人路过都拿起来翻翻，然后放下。这个作者的语言晦涩难懂，不是所有人都会喜欢的，他并不是一个能带来阅读快感的小说家，只会带来冷静和疲倦。我没有打算买，因为家里床头还有一本书没有看完。不过我想在店里找找家里的那本书，家里那本上次在洗澡的时候掉在地上打湿又不小心撕下了一页，那一页里有我很喜欢的一段，说的是书里的两个人最为密切的心灵相识，一切光晕、气味、呼吸、小动作跃然纸上。后来我将那一页晒干后折成心形放在了Abel的衬衣口袋里，我没有告诉他，我想看看他是不是有一天会打开来看上面写着什么样的内容。

　　找到这本书的时候，手机震动了起来，以为是Abel的回信，打开来却是Xandy的信息，她告诉我，她觉得今天粉蒸肉的味道与以前有些不同。我拿着书去柜台付账——一本新的但内容其实是一样的书，付钱的时候又听到了来自Varsha十二点的广播——"今天是世界末日，希望你们为自己活在一个很不平凡的世界而感到开心，也请记得不要把这个日子告诉身边没有机会听到广播的朋友"。我打开书找到那一页折上一个标记，忽然间刚刚的广播又自动地在脑内重复了一遍，我有些疑惑。

走在路上的时候，我刻意放慢了脚步，在想要不要回头去茶餐厅看看Warren，却不小心碰到了老板，老板从他黑色的车内探出头，问我今天为什么没有去上班。他虽然和颜悦色，可是我明显感觉到他的目光已经扫遍了我的全身，估计连我买了本什么名字的书他都已经记下来了。我尴尬地面对老板，眼神不敢望向他，到处乱飞，告诉他因为自己失恋了，明天一定来上班。老板没有说什么，摇上了车窗，又慢慢驶出我的视野。我看见车辆远去的轨迹，想象瘫坐在车内大腹便便的老板应该很久没有恋爱过了吧，不免开始不知死活地偷笑，忽然又觉得其实自己也好不到哪儿去而失落起来。

回到家时已是将近一点，给阳台的小猫喂了食后，将旧的那本书从厕所里拿出来，翻到被撕掉的那一页，撕干净了一些余下来的窄小纸页，打开新的那本，将那一页很平整地撕下来放入旧书夹好，重新将旧书放回了厕所。新的那本丢给了小猫去玩，我不在的时候它也可以看看书。我翻开那本书的最后一章开始阅读——"不同的我们因为尝试变得再一次陌生而分开，面对过去，我们一个珍惜到越抓越紧，一个珍惜到放手不要……森林因此变得安静起来，仿佛处处都存有死穴，鸟停留的树上有猴子安静地坐着，树下有一些虫子，我不知道它们叫什么名字……""她在车里探出头来，向我招手，天太黑我看不见她的表情，最后她埋下头去整理她的大衣，远到我彻底看不见她……"

突然间有一阵沙沙的声音传入耳朵，我四下看看，才意识到自己早晨出门时忘记关掉收音机，是Varsha的下午一点报时——"今天是世界末日，希望你们为自己活在一个非常不平凡的世界而感到开心，也请记得不要把这个日子告诉身边没有机会听到广播的朋友。"原来电台在世界末日这一天取消了其他的所有节目，只有Varsha的整点报时，所以在这时一切又恢复了安静，偶有一些细微的琐碎的沙沙声杂糅进空荡的房间里。我静静地坐着，摆弄着手上的书。

电话响了，是一个客户改约时间的电话，在下午的时候又要出门一趟。我马上去洗澡换衣服，见客户不能像见Xandy那样随意。我将换洗的衣服连同一些之前还没来得及洗的都丢进了洗衣机里，很快地洗完澡后，离原定出门的时间还有半小时，于是，我准备再喝杯咖啡。我端着咖啡，蹲在洗衣机前面看里面的洗衣桶飞速地运转着，有些晕眩的感觉。

但不久，清醒的时刻来了——我的心扑通地跳了一下的时候，我就知道不好的事情来临了。我强行拔掉了洗衣机的电源，打开洗衣机，桶里的水哗啦啦地倾泻而出，冰凉地浸着我的双脚，泡沫溅在了我的咖啡里。我用力分开那些衣服，找出一件浅蓝色条纹的衬衫，翻了翻口袋，发现了一些东西——是纸屑。一瞬间，我像掉入了寒潭一样，快要坠落的心脏强撑着。我将衣服一件一件地收好又放进去，重新开始洗涤，我拖了拖地板，决定出门。

　　世界很小，因为我发现我的客户是我初中隔壁班的同学。她叫Undine，初中的时候我们通过各种渠道彼此都知道对方，她那时留着时髦的短发，清清爽爽、利落干脆，一副自然健康的形象。我们每一次在楼道见面都有零点几秒的尴尬，因为我们都知道彼此是认识的，都在考虑到底要不要打个招呼。但整个初中三年过去，我们都没有迈出这一步，后来我和她一个最好的朋友同上一所高中并且成了好友，得知她转学去了外地，还知道原来那时我和她就有许多共同的爱好和行为。

　　我改过　次名，又因为工作性质穿正装的关系，Undine不太认得出我，只是觉我面熟，于是我很轻松地跳到了下个话题。她嫁给了一个很有钱的老公，家里人对她也特别好，她说她觉得自己生活得很开心。她将她老公给她的零用钱存了起来，想买两份保险。她一边向我询问保险的事宜，一边说着自己的生活，小到很小的细节都拿出来分享。她早晨听广播得知今天是世界末日，所以把我们见面的时间提前了。两份保险，一份是给丈夫和父母的，一份是给她的小孩的。让我为难的是，生育一直是她的烦恼，直到现在她和丈夫还没有小孩，我该如何在这个时候拒绝为她做第二份保单。

Undine比以前更有韵味，我们不经意谈起了正在看的小说，发觉是一样的，我们时常听的音乐，还是初中听的那些，那时都算老的歌曲，现在更老了一些。就在这些有趣的爱好之间，我给她做好了第一份保单，开始琢磨着接下来要说的话。Undine一直在问我一部我看了很多遍的电视剧的剧情，她说她一直没看，准备怀孩子的时候看，在她的身上，少女和熟女的气质是那么的转换自如。

幸亏有Xandy的电话救我，她在电话里告诉我，她的上司很满意那份报告，晚上要请他们部门的人吃饭，她说可以叫我一起去，问我要不要过来。我估计晚上没有什么事，另外，我正在追的剧演到了最难看的段落，就连忙答应了Xandy。打电话的中间，我抽出一张纸，在纸上写下了几个字——"对不起，小孩的保单我可能做不了"。我将纸递给Undine，看着她，嘴里仍在讲着电话。Undine望着我，我又朝她点点头。她想了几秒，眼神有些呆滞，对我也点了点头。

我挂掉电话的时候，她已经准备起身向我告辞，我和她最后核对了一下保单的内容。我觉得过意不去，又向她道歉，Undine看着我没有多说什么，很小声地低头说了句"对不起"。Undine——我想起见她第一面时的模样，楼梯的转角处，她微微地低着头，身后一直有人在喊我的名字，说你旁边低头的那个就是Undine，很快的，我和她就淹没在放学下楼的人群里，越来越远。

Xandy的饭局在六点，这之前我还可以回一趟家。回家的路上，我给我的经理打了个电话，汇报刚刚完成了一份保单，告诉他明天一定会去上班。我的经理以前是酒店业的管理人才，前一年才跳到保险业，他很会带团队，所以也没有太计较一些陈规陋矩的东西。我据此推断今天没有去上班的这一关应该是过了。

回家进电梯的时候一下子收到了三条短信：一条是话费余额不足，一条是楼盘的广告，最后一条竟然是我的老板的——"年轻人不用那么搏命，明天记得来上班即可。"我脑子里不免又浮现出他大腹便便、摇摇摆摆走路的样子。

推开房门，望见墙上的钟指向了五点十分，我后悔自己在路上浪费了点时间，不能停留又得出门，于是我没有脱鞋又退出房门，锁好门走进刚好下来的电梯。电梯里我一下子觉得好安静，生命忽然停滞了，我干咳了两声，有些记忆好像要涌上来。老板的那条短信里后面还有着一句话，这个人性化的老板偷偷告诉今天失恋的我，今天还是世界末日，让我什么事都可以留到明天，但去找自己深爱过的人要在今天。

六点的晚宴，Xandy的上司竟然也带了她的妻子来，妻子坐在他的左边，Xandy坐在了他的右边，我坐在了Xandy的右边，剩下坐开来的是Xandy的几个同事。我和Xandy的上司常在一起吃饭，大家也都见怪不怪。吃饭时气氛一直冷冷的，只有Xandy的上司一个人讲些烂gag，Xandy就跟着笑笑，他的妻子也是。如果不是服饰上的配搭，旁人应该很难分出究竟谁才是这个中年男人的妻子吧。我端起酒杯，与眼前这个如鱼得水的中年男人喝酒，问他怎么想起请大家吃饭，他碰了碰杯，一饮而尽，说看了Xandy的报告，写得很好，于是给他们部门奖励。我看着他的眼睛，又为他将酒满上，问了句："真的？"他笑了笑，用手推过我手上的酒杯让我喝完，低声应了句："真的。"我和他又喝了几杯酒，他从认识我，就一直在劝我跳槽来他们公司，我都婉拒了。现在也不过还是这些老生常谈的话题。

我和Xandy很久没有在一起喝酒了，平日都是以粉蒸肉为乐。对饮了几杯之后，我的手机又震了起来，我拿出来看，没有料到竟然是Abel的回信，他说："嗯，我刚吃完饭。"平平淡淡的几句，我反复看了几遍。Xandy伸头过来问我是谁，我说没什么。我和她干了这瓶酒的最后一点，然后删掉了Abel的号码，关了机。

部门间聚会的下一站是KTV，我以想回家看看书的理由谢绝了。临走时Xandy已经有些醉了，我让她的上司先送她回家。说再见的时候，我拥抱了Xandy一下，轻轻地在她耳边说："你的上司可能没有看你的报告。"我知道她在这样的状态下应该是听不明白我在说什么的，最后又嘱咐了一些事便告别了。

其实我没有把原本的报告给Xandy，我替Xandy给她的上司写了一封表达自己很爱他的短信，告诉他世界末日的来临，希望和他一起度过这一天。

八点钟我回到家中，我想再听听Varsha的声音——"今天是世界末日，希望你们为自己活在一个其实平凡的世界而感到开心，也请记得不要把这个日子告诉身边没有机会听到广播的朋友。"我坐在沙发上，耳朵里只有Varsha慵懒的又有点认真和愉悦的声音。在酒精的作用下，一些词频繁地闪过我的脑子，"世界末日""不平凡""很不平凡""非常不平凡""其实很平凡"。我才发现原来Varsha的节目并不是简单的录播，她可能每个整点都在变换着透露她在直播时的小心思，大体很相同，却又不一样。我独自为这些小心思笑着，想象Varsha在播音间的样子，二十四个整点播报，她一定什么事都做不了了吧。

我在厕所洗了把脸之后，顺手拿起中午买的书看了起来。离世界毁灭时刻到来还有三个小时，我想无论如何也要看完这本书吧。我跳过中间的章节，继续读没有看完的最后一章，我一行一行很快地阅读过去。这一章说的是故事的两个主人公第一次分开的故事，用了一个类似做梦的场景。可能有的人会觉得书的前一半讲的都是他们第一次分开过后的故事，但我相信作者可能在我没有看的章节里埋下了一些线索，告诉读者他们分开才是书的结局。我将要读到最后一页时，又跳到被我撕下来的那一页，我想重温一下美好段落再去翻阅结局。

九点的时候，Varsha已经不再整点报时，她开通了一个热线，让听众说说今天一天的事情，她说声音是不会被毁灭的，因为它可能一开始就没有存在过。许多人打电话汇报了他们今天的所见、所闻、所感，我觉得很有趣，渐渐放下了手上的书本。其中有一个电话是Xandy的上司打来的，我认识他那声音，没有讲烂gag的他比任何一次说话都要认真。他说他是一个结了婚的中年男人，他的妻子现在已经在他身旁睡着了，他才有勇气打这个电话。他说他有段婚外情，是和他的下属，今天，他这个下属的朋友替她写了一封表述爱意的信给他看，他说即使今天不是世界末日，他也因为曾经深爱过这个下属而感动，即使信是别人写的，他也相信这一切都是真的。但他有家庭，他能做的只是在送下属回家时给她一个从前也会给的吻。他想在这个下属的朋友可能会听的节目里向她道个歉。他最后用低沉认真的语气说了句："希望明天开始一切都是新的。"

我有些失落，觉得自己错怪了他，没有体谅他做人的难处。其实在我们保险这一行是见惯了这种事的，我懊恼自己没有替他着想。又有几个电话进来，Varsha开始有了一些自己的阐述，在等最后一个电话前，空了很长一段时间，Varsha还轻轻哼了一小段歌曲，唱到高潮部分的时候电话切了进来——"你好，我叫Warren，我是一名厨师。"我的心一紧，"今天我在我的店里看见了两个很久没见的从前的好朋友，他们点了最爱吃的粉蒸肉，这也是为什么我会做一个粉蒸肉套餐的原因。真的是很久没见面，但高兴的是他们还没变，算一算，他们在一起应该有十年了吧，不知道有没有结婚，我没有看见他们带着小孩。幸好他们没有看见我，只是我看见他们，就已经控制不好粉蒸肉的火候了，如果被发现，我应该丢工作了吧。我不想破坏他们的感情，不管是曾经，还是今后。"Warren讲完便挂掉了电话，广播里安静得要命，Varsha一句话都没有说，我在这安静里忽然有那么一瞬间想要打电话过去，当我找到手机开机时，Varsha已经说再见了。她最后说的是"还有两小时，假如我们还会有再见。"

我决定摊开我的笔记本，记录今天的一切，我疾速地记着，直到我自己看得到的现在——我默默翻开那本我还未来得及看完的书的最后一页……

　　…………

书的最后有字：Morning，当你看到这里的时候，我不知道我会在哪里，可能是你身边，可能远在千里。但有一个答案是肯定的，衬衫口袋里的那一页书我看了，好好保存这本书，希望将来在你的口中听到关于它的故事。爱你的Abel。

我手里拿着书，坐在椅子上，心扑通扑通地跳着，我想叫出声来，嘴一张开泪水就汹涌而至。书本泛黄的纸页在我眼里一下变得亮白一下变得通黄，我快失去意识了。

　　…………

趴在桌上睡醒的时候，我瞥了一眼时间：十一点三十七分。眼泪打湿了笔记本和书，我还来得及记录最后的一切，最后一次会醒的睡眠没有做梦，虽然分手了，还是很爱你，Abel。

如果有幸能看见，这是Morning最后的话。

1.

我们仍做凡俗的梦。

我没有想到我们生活到了世界的最后一天,我睁开眼的时候,我们共同的朋友已经默默地回到家里,你告诉我,今天我们要去和外星人进行最后一战。我穿衣起床,洗脸刷牙,照镜子的时候看见朋友转身,离开了我们的房间。

我和你走在街道上的时候,我想这真的就是一个科幻气质的世界,灰蒙蒙的天空,突兀的钢筋建筑,直升机的影子在我眼里忽来忽去,到处弥漫着绝望的气息。我问你,可不可以不去。你说,我们的朋友都去,没有办法。我们的对话在冰冷的街道里仿佛结成了冰,我想这就是我的生活吗?

战火还没有燃起的时候,我不知道为什么我们大家都回到了家里,我为了一个人的新恋情和她大吵了一架,甚至骂了一句我从来没说过的脏话。我太过气愤,有些词穷,因此险些动起手来,大家都在周围看着,一句话都不说,她一直在哭,而我声嘶力竭的时候还在想着怎样掩饰我们的关系。

我看见我小时候常爱看的报纸还在街边卖,却无人问津。报亭的老板意兴阑珊，眼神里流露出我少年时最难忘的那个冬天的味道。白气一圈一圈地上升，萧瑟的冷风吹起了我的一个梦。

2.

我走在西厢路上，两旁的梧桐完全遮住了整个天幕，路上的光线要比其他地方昏暗许多。不知道是哪里传来的猫头鹰的叫声，"嘟——嘟——嘟"地增添了一些更加灰暗的色彩，可能，这是我最后一次沿西厢路步行回家。

我在那一路，想了一些我从前想过许多次的假想，都是一些我害怕发生的事情。我常常想这一堆事，思绪也常常被一些马路上的行人与红绿灯打断，喧闹包裹在安静之中的西厢路被遮挡得不见天色，我们没有机会再说一次再见。

我可能又会悄悄地走掉，我们真的要面对许多也许。

3.

原来他并不懂得说再见。他今天坐在马桶上，门掩住的时候，一室之内只剩下黑暗，有痛苦游向他，他看不见。后来他想，如果自己被夹在厚厚的墙壁之间该如何逃脱。他想起儿时那个被他丢下高楼的喇叭，在隙缝之间越变越小，他回过头去看到满藤的葡萄，那味道已从他的记忆里删除。原来不知不觉，人都会触摸到困境。选择再简单不过，一条一条复杂不过条形码，比手能触摸到的木纹还要简单，只是他还没有把握。

你看得见悲伤被松绑吗？它像浮游的空气飘荡在那些稀疏的气泡里吗？是不是天鹅绒能遮挡更遥远的夕阳？一粒话梅核是否可以被轻轻地碾碎？那些你该舍得的你还会舍得吗？他拥有的每一次风吹过的倦怠，都被他好好地收埋在记忆的后端。

那个时候，他想起了他每一次说再见的时候，声音只一刹便被左右的墙壁消磨到音量微弱，世界变成两堵墙，夹缝中生存下来的唯有那句再见，或许走出去还有明亮的黑夜。那是他的世纪，他还记得蓝灯照射的沙滩，黄色变得暗沉，海风湿湿的，让他变成孤独的人，他记得脚下的灯，踩踏的木板，以及只能独身而行的路途。

关于你的，在他的心里，已经有了答案，是他爱极了的那一时之气，成则飞仙，败则入地。

4.

　　我的记忆里一定有布满尘灰的绿叶，铺天盖地地覆盖过来，不管是我熟悉的还是陌生的，它是我不再兴起的原因。它会特别安静地在你面前，不会逃脱，由着自己注定的命运，在微笑的空景中自言自语。有没有一个农夫喜欢带有城市尘灰的绿叶？会不会有农夫觉得它并不肮脏，只是有一层与别人不一样的外衣？农夫要在绿叶的围绕下捕捉猎物，没有歌声。

　　它总是会伴着阳光出现，是我非要画出它们之间的距离。

5.

我看见我自己站在你的窗户前往里探望，却发现什么都没有，于是猜想你是否已经吃完晚饭进了房间。我很想大声地叫一下你，可是他马上就会回来。我并不知道这最后是代表怎样的真实，我是否来过？是否真真切切地感受过你的幸福？你过着你想要的日子，并且不顾一切，仿佛没有什么还能与你再交换一次，那是一种让我惭愧的幸福。不是我错了，而是在散漫的人生旅途上，的确有人比你走得快。有目标，有追求，也许什么都不是。你长大了，尽管你不再年轻了，但你确确实实不是我认识的那个人了。

6.

餐桌下的猫与森林里的诚实，哪一个会带我走出困境？没有灯的空间，那些白色会隐藏，然后被风轻轻地送入咽喉，掩盖永久降临的悲伤。那些幼年记忆，好像夜晚的山石、林间的猫头鹰、石砂墙上的颗粒，在人群之间互相映照。忽而回到很小的时候，一个人走夜路，察觉不到几秒之后将会发生的事，恐惧，无知，对星星好奇，害怕大树上会掉下蛇来，甚至怀念那双被丢掉的拖鞋。在那个时候咬掉的指甲直到现在依然有人不断地提起。我看着远方，远方是水塘、田园，还有被废弃的火车洞。好像面对南方重新学说话，乌云就在眼前，傍晚的嘴形刚好合上。

我觉得，那些似乎永远地跟着我：碎掉的玻璃茶几、扯坏的红黄蓝积木，还有打完游戏后要走的夜路。我看不见一切，我几乎只能靠手去摸到石墙，很久很久我才能知道，有沟、有二楼、有铁门。

树下吹来的凉风呀！我要学习的第一课，很快就过去了，没有人会预料到，那些爱过的、想爱的，会被我坐滑梯一样，抛诸脑后，我几乎是用可能的速度，全然不顾，投入地去接受放弃。有些事，就那么的瞬间过去了。

我闭上眼，在黑暗里想象一条光亮的直线，金属、泥土，世界的一切竟然就这样被迫存在着。在弯弯曲曲的路程上，无限可能地走到了那里。

7.

人总是从一个孤独走向另一个孤独，但冬夜里的青石灰色与红砖色可以领着因寒冷而迟钝的我去到另一种空荡。

我们一同经历的无法计算的时间，幽远绵长，它带给我的感觉就像是你我走进小小的饭馆，倚靠在折旧的木桌前，用手指去抠掐桌角的瞬间，软软的，可能还有微微的涩。我用手去摸那些凹下的痕迹，不知不觉间饭菜就已经上来了。冬天还在吗？它跃进了我们的空间，让我们无所察觉。

冬天里的天亮伴随着寒冷好像是有声音的，就是那种掀开窗帘的一角，日光发出的死死地铺在窗外的带有钝感的声音，那一刻我才会觉得想睡。我常常就在床边坐着，痛到觉得应该将身体折起来才行。喝水，听着门被轻柔的风吹，在寂静的夜里发出很响的声音，用自己的流失去忘记流失的一切。

年轻的时候，爱和恨都是在同一个逼仄的空间里的，我也被挤在里面。我不爱你的时候就会要恨你，反正生命就像被线牵引着在两极来来回回地行走，一直走到爱恨编织出来一张将自己困住的网的时候，才隐隐约约地觉得，那些微小的可以呼吸的缝隙才是我们变老的重要的一步。我愿意变老而且爱你，因为这样我会宽容我自己，也会宽容不爱我的时候的你，当我觉得透不过气来的时候，伸手触摸这些还在慢慢缩小的缝隙，我会明白，你能有更无限的天地。

冬天里的傍晚没有一点温度，暗蓝的天色就像从深湖里打捞出来一样，一处又一处的灯光亮起的时候，灯光仿佛凝结成了许多小冰块，你可以观察到光的边缘渐冻。树的枝杈是干干脆脆的，轮廓都很分明，它们竟比天色还要暗，无休止地暗下去。若寻着这天去找地，仿佛可以找到冰点，我低着头，风刮过脸庞，那刺痛的一瞬就可以跟它走了。当身体还在继续向前走着时，偶尔有一刻灵魂随着那阵风逃离到了背影之后的世界，它不会带回什么证明与存在给你，甚至可能不会回来，成为一个我们也不知道的分裂体。那是脆弱的，易变的，被冰冻深深折磨而冷漠的，可你不知道的是，它还是跟着走了。

夜周而复始，这天地间的帘幕，挡在你我的面前，没有再被掀开来过。我摊开手掌，握住凝固了的温度，回到了家。

然后我看见，帘幕外的一片黑影。

8.

我坐在已经洗得发旧的浅红色的沙发上，等你抽完最后一根烟。好像有巍峨的影子挡住了我的视线，我只能用余光瞟到一点点火光，房间里只有一盏暗暗的顶灯，最明亮的地方反而在角落，那里空空如也。你穿着秋天的外套，拉链拉到最低，有风吹了进来，不知怎的，眼前有许多黄色的银杏叶。你起身，拿出那双冬天里穿的鞋就要走了，我也跟着起身，眼睛还离不开刚刚熄灭的烟头与未散的烟雾。一切都是暗暗的，昏黄的光影扫过你的面庞，一眨眼，就会关山万里了。我们已经提前进入到了深秋，没有一点夏天的痕迹，浓而亮的夜晚在树影间、在水池间。你坐进了车里，车内的灯照射在你的面前，我远远地在外面望着，是去到旧的时代了吗？你戴着厚厚的围巾，我们不通信息，一醒来，你听那路上的声音，不管有多远，我仿佛也能听得见。

在许多时间里，我没有来得及看到将来的方向，天空、建筑、路过的学校大门都被灰蒙蒙的雾气遮盖着，有时候凉意开始凝固，看不见任何的形状，我不想伸手拭去浮尘，只想低头走过快要到来的冬天。

又是一年过去，我遥望那些路过的河水，站在桥上，想着远方的人，我无法与他们分享成功与失败，只能怀念他们那句看上去是示好的话语。陌生遮掩了我们之间的许多感情，它藏在白皙的皮肤和浓墨一样的眉峰里，闭上眼，它在跳动，好像你提着夜宿的洗具走进深深的黑夜里。路面上的纹路让世界并不纯粹，冷风和树，每一样都在秋天告别。

我们为什么会分开那么久啊，久到时间没有了意义。

9.

世界末日来了，遥远的你还好吗？

今天的弄城下起了小雪，那些雪落在地上闪闪发亮，映着世界好像圣诞光临了。我走在路上，抬头望天，一片又一片轻而薄的雪花如同萤虫的翅膀一样。整个黑夜如此安静，踩在雪上，那些细碎的光亮与路灯的剩余光线一起把天空变成了蓝红色，深深的，有着雪的影子。雪的影子也像翅膀，光亮的一面是你的眼睛，在夜里等我，闪烁而自由。而没有你的冬天，已经变得轻盈而安静了，我一个人迎着风去寻找那些隐藏着的当年我们不为所知的间隙。

今晚，我又想起了那个我给你读《彼得·潘》的夜晚，那些孩子在晚上会打开窗户飞出去。我在你的身上寻找自由，你在我的身上接受克制，不知不觉我们已经为彼此盖上了这些雪夜里才会有的闪闪光亮，它融进了我们的身体，直到在我们毫无察觉时，成为我们争吵时的武器。我一直没有渡过自己，但也许你有。

当你在另一个空间中熟睡又醒来的时候，不知道会不会在这一刻想起我。生命已经默默永逝，在路途上那些也许还没有融化的雪片，偶尔反射的微弱之光，使我们的大脑变得空明，那是雪的光芒与失去作用。

那个我们在河边无所事事的夜晚，走着走着，你哼起了《与你共枕》，路面偶尔反射出路灯的光亮愈加明亮了你的眼睛。这是真实，它促使我在无穷无尽的道路上毫无意义地走着，令我在很小的世界里理解世界之大。你总是为我的自由发笑，不加控制，有的时候我以为我得到了，后来才发现，它只是像弹簧一样弹了回来而已，并不是得到。我在你身上留下的那些克制也如同雪一样消失得干干净净。

我第一次见你，是墨蓝色，身后是浅灰的天压得低低的，我们互相看见，打个招呼就结束了。

不过这一次，不需要打招呼，就这样结束。

对于你，那是克制；对于我，这是自由。弄城的火车终将驶入亘古的时间，一切那么安静，风雪漫天。

10.

　　沿路后退的时候，被树叶扫过了头发，抬头一看，才发现是一簇小的竹叶，正值夜深，只能从形状辨别。我往下扫了一眼，空空洞洞。我下楼道别，车灯蔓延出来的光一直扩散到我的眼角。我停留在原地，寻着光来辨认你是否离去。

　　天刚刚亮起，我们踩着人字拖并肩走着，拖鞋的声音与鸟鸣声交叠在一起，阳光慢慢地分隔好区域，我们走到还没有被晒到的那一边，谈论空空荡荡的世界。

　　他趴在床上，头在床沿处埋下，为我和S的关系祷告。那时我正赖在沙发上，抱着靠枕，房间里只剩下空调的风声。我没有去猜他会祷告些什么，只是看着空调。那呼呼的像是被硬推出来的空调风，在安静的氛围里愈来愈强，我好像感觉到了一只手，张开掌，轻轻地从我的胸口推过去。我没有穿上衣，抱枕的材质有些硬，裸露在外的胸和肚子似乎只有一张表皮，那双手在轻轻地压我，此时我一点一点地感受到我的内心就像西瓜瓤一样被缓缓地推挤出水来。神，是否你前来救我了？

我趴在地上，以为自己只是一块碎片。我望不到更远的地方，视线渐渐地模糊，只剩下灰蒙蒙的云雾在我的脑内。我害怕我的亲密会被人遗忘，于是撒下永不被证实的弥天大谎。我仿佛睡在谎言里，晕沉沉地流泪，没有人可以将我锁上，但我希望一直被禁锢。我不再追求自由了，它离我很远很远，不会理睬我。我有时可以将真实移植在梦境，浑浑噩噩度过一程，又变成了辩证的真实。

　　就让我再一次失去吧，好像还可以再一次拥有。

同类

"我有时小睡一下就会做梦,有一天我梦见她在望着远处的山,将手掌盖在自己的眼前,似刚好搭在山包上。阳光大得刺眼,你皱着眉,好像不耐烦似的,令我在旁边看着也惴惴不安。我也望了望远处的山,左边的将右边的盖住了,深绿和浅绿,山边是一条褐色的线,我换到了她的另一边,那线也沿着我的目光向相反的方向推移过去。正在此刻,她说,送我一副墨镜吧,白色的或者紫色的。紫色,我想象着她被紫色淹没,那颜色爬上她的眉,远处山峦的墨绿色的光正好映照过来,我默默地低下头,醒了过来。"

苏守带着这个梦,心里默念着。

他每次去见N,总要经过一条河,有时从桥上探出身子,看见自己的影子在河水里飘荡，他试图用手拨动，却只是在空气里打转，静静的，他觉得自己像是沉入了河水中。他想追问，他可以去到哪里。

"你要问问你心里面的那个人，他到底想要什么？"N每一次都这样回答他。

苏守问过，每次都是相同的答案。

有一次他觉得没劲，好想蒙上眼睛，就这样去选择吧。在眼皮的震动中，他仿佛看到了高墙上的爬山虎，一整片，热得透不过气来。四处空荡荡的，阳光将一切都铺上了一层黄色的沙，软软的，人似乎会陷进去。走在安静的楼道里，一道道存在了很久的门紧闭着。他很明确，最后一间，那里有风。他听见身后有响动，回头望了望，一束光。

这束光，是姜植耀打开了一扇窗子。他离开N的时候，眼里藏着泪，不想下楼，反而往上走着，一步一步的台阶，令他回到了小的时候，他和家里赌气又无处可去，就一个人数楼梯，走三级又下两级，好不容易走上顶楼，昏昏沉沉地睡去。

他也做梦。

"我梦见她了。我和她走在雨里面，凹凸不平的路面起起伏伏，就像我的心情。她还是温柔的，走在我的前面拿着花，这花是要送给别人的。我心里面暗喜，因为送花的那一天可能又会再见到她。我看见夜里我们走在路上，她的眼睛闪烁着光。时间经过了闪烁的光，好像拉链被合上一样，成了我的记忆的开关。"

"后来她取下我的领带，往前抛去，在坡上好像往下拨着什么，我走过去一看，原来只是U盘的壳，我拿起来的那一瞬间有些怒火，觉得她向我隐藏着什么。爱为什么要伴随着不被信任。"这段录音，被苏守打开来。

他所寻觅的那个房间已经狼藉一片，他找到了自己的就诊报告，同时还有一支录音笔。N搬家了。

搬家了。他的愿望又无处可诉了，他看着自己的报告，上面是一页又一页的记录，"他那天从殡仪馆回来的路上，满腔的苦闷，他说昏黄光线下的雨淅淅沥沥地打在帽子上，伸手一摸，是一个小水洼。"苏守记得，他所眷恋的都在搬家。

那支孤零零的录音笔上标记着一个"耀"字，苏守听着他询问的声音，想起来自己第一次去找N。走过那条河之后，就要拐进小区里，没有楼号，他跟着一位小女孩一直低头走着，不知道为什么他觉得她就是往那去，一直跟着她走到自己家的楼下。他才察觉到处都是楼，望一望天空，并不能回到十年前的天空。如果连N都找不到，那他的病怎么办。他想说出口，他想被箭头指引。他想起小时候被雨困在亭子里，和伙伴约好了辨认地上的箭头，一场雨淅淅沥沥什么都是湿漉漉的。他看见树叶尖是嫩绿色的。

　　姜植耀起初不太愿意来见N，他在自己的生日那天做了一个梦。这个梦是那支录音笔最后的内容，"我梦见我躺在沙发上，好像是在他家中度过的倒数第二个晚上，又要走了。我看着他的样子，我也不知道我们之间的距离是什么。我问他，能不能带我出去欣赏这座城市晚上的景色。他的伙伴问我为什么。我看着他，想象着外面的世界，为什么呢。我似乎来了好几次他的家了，每年都是被困在这里，困在一段关系里。他在我梦里还是乌黑的眉毛，少年般的脸庞，我只能用沉默来回答你这个问题。"录音的最后一句，姜植耀说道：

　　"我不想这样忍到最后就沉默了。"

　　那一天，姜植耀在想，他一直追问的是什么呢，是想要N给他一个答案，还是有新的人出现给他一个答案，为什么他那么需要答案，像需要一把钥匙挂在胸前贴着肌肤，才是安全。他摇摇晃晃地嚼着泡泡糖经过的那座桥，会令他滑倒掉入河中吗？在人生的冒险上，遗失了什么？他想到那个炎热的夏天，他站在围墙上，进退两难。那么高，他跳哪一边都觉得害怕，他刚刚是怎么爬上去的，即使知道我也无法那样下去。他的心扑通扑通地跳，因为胆小，我甚至不知道我在这个过程里失去了什么。天气很热，风里有晒干的盐，不咸，但就是干。我觉得不舒服，他仿佛是任性走到了孤岛，

036

一回头那只来时的船已经不见了。他望着自己在阳光下的影子，知道他们永远都无法在一起了。

　　一份报告，一支录音笔，消失的N，将两人的秘密遗留在了旧居，一丝光线从遥远的走廊渗透过来，渐渐地不被察觉地铺上墙壁。

　　离开的人，卷走了一点光。

这么近　那么远

苏守躺在床上，因为保持一种姿势时间太久，左脚开始无力酸麻，他突然觉得这个故事所带来的无力感正如这酸麻让他动弹不了，于是他决定用纸笔记录下这个故事。拿着手机记下每一句话，再借助它微弱的光线辅以照明。他扭头看见伏在墙上的灰蒙蒙的影子在逐渐强大，仿佛终有一天它可以挡住所有的黑夜，让夜游的幽灵窥视他，带着看不见的微笑。这一夜，窗台上用来垫花盆的报纸被时有时无的风吹得沙沙作响，声响似有还无。

那个故事应该是这样的：

很久很久以前，这个星球是不会动的，不公转也不自转。

黑夜的一边永远是黑夜，白昼的一面永远是白昼。

生活在夏天的人们不知道什么是冬天，生活在冬天的人们也不知道什么叫夏天。

世界上没有时间，风总往一个方向吹。

黑夜的那一面，天上的星星很大很大，许多都有月亮那么大。星光倒映出很多人类的影子，它们涨满了整个天空。

久而久之，人们对那些影子产生了恐惧。

他们想，为什么人类看得到影子，却摸不到。

这是银色柔光下的人类，为何他们却是漆黑。

我们在笑的时候它们又在做什么？而我们哭泣的时候它们也不曾为我落泪。

影子如此像我会不会慢慢吞噬掉我？让这世上只有一个我，不过它确实不是我。

它纵使背对我，也在用它深远的力量吸引我，同时化解我的力量。

人们想的越多，影子带来的恐惧也越浓。

人们开始奔逃，他们发现世界的另一面原来是白天。

他们摆脱掉了无处不在的影子。

在白天的那一面，人们生活得很好，当然也会偶尔看见自己的影子。

人们会偶尔告诉它们，没了你们，其实我们的生活很孤独。

影子很快就消失了，像当初人们的出逃一样。

而在黑夜的那一边，星星都很沮丧，没了人，没了影子，它们孤单得可怜。

只有一颗叫月亮的星球。

这只是姜植耀在逃离弄城时听到的一个故事，是这样的一个故事让他成长，教会他如何来到怎么也走不出去的弄城。他见到了苏守多年以前种植的花木，继续照顾它们，他觉得是这样的寂寥的发着抖的夜晚，让他得到成长，从此忘记他过去所放不下的故事。

你总要记得有这样一个故事。没有跌宕的情节，没有迷人的主人公，或许只有你一个人在经历着。

苏守离开弄城的第三年，经常想起当年的那个夜晚，他特别清晰地记得，他走在古旧的城墙边上时，夜风的气味，还有掠过周身的寒凉。他并不是怀念弄城，他只是好像能看见一个人的影子，那个人的影子上似乎有弄城留给他的尘埃。尘埃像光，会灌进苏守的脑子里，带他回到三年前的某一天。他牵着一只狗，面对一道绿色的门稍作停留。他拿起纸笔，开始想象，他觉得阳光会高于他，然后带他来到另一个人的心里。

姜植耀依然留在了那个城市，满目皆是黑夜，一扇扇门挡在了他的面前，唱起歌来的时候回声穿越许多甬道，再飘回耳旁已是一个冬天。

　　他在水蒸汽中只是听到了他们的喘息与对话，他觉得又好像回到了第一天认识他的时间里，但也并不是那个时候，而是那第一眼看过去的内心涌动。

　　姜植耀面对这些衰败的时候并没有觉得难过，只有局促不安，脑海中没有一分一秒的想象能安定下来。这是夹杂着比难过还要难过的痛苦，比失望还要失望的绝望。好在他在弄城之中并无好友，陌生带来的疑虑也无须作答。

　　苏守搬离弄城的那一天是碰到过姜植耀的，他看见他一个人寂寥的样子，想起了家门口的红绿灯，他曾经面对这个红绿灯，看着它闪烁了一千一百二十四下，直到它爬满雾气，些许雨滴混浊了整个路口。他也想这样只面对简单的数字，什么都不想，他什么都没有感觉到，唯有结束的那一瞬间，一切又尽有着巧合。

　　他走在了世界的后面，埋首寻路。他不愿抬头看见那一点光，那是会灼烧他内心的牵连。他不明白这个世界的暗淡与清冷是怎样的一种伤心。

　　姜植耀式的逃避加上苏守式的面对或许说起来都是伪饰，他们二人谁都不知道当看见现实与梦境相叠时的那种伤心后的洒脱，又或者二人再度相遇时，脑内不停眩晕的光线掩盖下来的瀑布。

　　也许只是一个人的荒芜思绪，失调在了再次和弄城拥抱的那个夜晚。月光皎洁，广场上的石凳在安静地倾听，一声声对不起无边无际地回荡。

他也曾在白天见过你。睁开眼的那一刹，声线划过还残留在耳内的睡意。他觉得这个世界明亮得有点可惜，因为弄城不曾拥有这朗朗日光之下的欢欣，更别提多年前那个春日的雨天，天色阴沉却到处弥散着让人动心的芬芳。

苏守在离开弄城的最后几日里，越发觉得自己是刚来到这座城市，可他并不是刚来，而是一出生就在这里。他也不知道记忆什么时候出了错。但他仍旧记得那种感觉，那种可以幻想自己是弄城之中的微尘飘飘荡荡的感觉。天空会落下一滴雨水，但他怎么也遇不上。

与他相比，姜植耀才是真正不同的，他在弄城衰败的时间里，成了一个寂寞分子，越寂寞就越逃不出去。他很想回想起刚来弄城时的记忆，但那些记忆也一点一点地消逝在年月中了。他去过许多次竹叶湖，也想不起当时他的疑虑曾覆盖了他的整个身躯。

至少这个故事在他们走回家的夜路上不曾意外地结束。

意外发生在姜植耀一个残旧的梦境里，他梦见自己在凄清的十字路口准备过马路时，红灯没有征兆地变成了绿灯，有一辆车辗过落叶将他撞死在了马路边，死前姜植耀看见马路的另一边苏守一个人拖着箱子转身逃离。

　　他觉得这个梦很真实，有四月雨天的味道，有风吹过的触感。或许这本就不是一个梦，是生活。

　　那也是苏守离开弄城的那一天，他对这个他所相信所热爱的城市终于有了勇气说再见。他看着面前这个世界在积水中的倒影，影影绰绰，想起了不久前的那个夜晚，他曾梦见过最后的年华。

　　话说回来，你怎么知道故事还没有完呢。

弄城·这么近　那么远

姜 植 耀 ··

1.

　　在这条湍流不息的时间河里，我最终与你分别，自此我再也记不得你的样子、你的声音。你的任何一切都将被河水洗清，与我也再无任何关系。

　　撑船的艄公草帽落入水中之时，我看见了你的眼泪。泪水静止三秒后滴在船舷，不过我看得真真切切，泪中没有一丝不舍。此时多少选择与疑虑，悄悄地重生。

　　这是我第三次来到时间河，时间河边无风景，时间河上是乐园。据说能在这遇上曾经与你缘系一面的人，让你回味那永恒一刹。但这并不吸引我，我每一次来都在送别，面对失去，我都觉得不曾拥有。

　　而你呢，你在这个世界飞来飞去，居无定所，感情冷漠得像只整天叽叽喳喳的鸟。这是庆幸还是内疚？来到这时间河，你都可以再生，只是你并不是一个愿意与生命去交换的人。船公没有了草帽，头发被风吹起来，丝丝缕缕，倒像诗人临江的潇洒与忧愁，他一路微笑，好叫人忘却这永恒的时间河。

你竟接过船公的木桨，笑说要撑这最后一段船，船公看着我，我也微笑。我们都明白，率真的你怎么会知道何时是这时间河的最后一段。水清沙幼的岁月，白鹿一样跑过的月光，你划得越来越快。

共你河上这一瞬，我将来也不会记得。这本就是一段哀歌，而你我都乐意吟唱——你吟的不明所以，我唱的爱到刺骨。连木船都会在这歌中饮醉，颠簸摇晃。在这晃荡之后你就会去另一个地方，连船公都不知道的地方。

时间河最奇妙之处就是当有人说再见时它便到了尽头。你做到了，时间河也没有改变。

那我要转身离去了，再想一想我还记得什么。

我走的时候看见泥沙包裹着鱼群，肮脏又鲜亮，混着河水，一遍又一遍洗刷着你的身影，现在我终能停下不需再漂流。

2.

　　我那天站在同样的位置看你离开，秋天里的透明像薄膜一样迅速地贴在了世界之上。我低头看见自己还穿着拖鞋，脚趾甲又长了，突然觉得有一些凉意，像干涸的水泥细碎地磨过皮肤的表面，然后我们就要程式化地说再见分别了。再见是一定要说出口的，不然怎样迎接新的到来，我心里所拥有的默默的小心都可以通过这句话打上一个死结，虽然解不开，但也可以放在一旁。这是我们所预料到的吗？我不知道，我看见树木挡住了两三个行人，再远处才是你离开的路线，越来越远。

　　好几次回到家仍然以为你会在，微乎其微的一瞬间会在桌子或者沙发面前束手无策，原来这个范围逐渐在扩大。我想起从前我回到房间可以听见的声音和顺着窗子望出去那个陌生的世界。我想看到又不想去打扰的，却偏偏会去打扰。

在夜航中，每次望见窗外不远处的星星，就觉得那是一床伸手便能掀开的被子。它的底下，是犹如钢铁煅烧过的金红色的城市，仿佛一座正在喷发又恒温的火山，反正时间在这里好像没有什么用。更远处则会被秋天的露气包围，总是觉得能看见海洋。飞机就这样顺着平行的海岸线慢慢向下航行着，摇摇摆摆直至着陆，只会听到引擎在运转的声音。如果谁在远方讲话，此时的我也能模拟出场景，不过天上地下，无穷无尽的世界之中，我能够看见的唯有黑夜。

仰望星空，我也只有像一部时空穿越的科幻电影那样，把问题都交给宇宙，宇宙之外仍有一个人趴在窗户上看着，看见池塘，看见无人撩起的波纹，看见马路，看见不停闪烁的红灯。要度过这些时间线里一直前进的日子，真的很困苦。

那从未让我绝望的你，也需索希望吗？还是让我自己找到希望，找到失望，又找到绝望，在长长的距离和长长的时间中，让妄想流动，就像夜晚出门时，总会疑虑安静的树和窗子。

在地铁五号线最后的车厢里，大家都没在说话，戴着帽子的少年倚靠着座椅玩游戏，认真得好像连胡子都在生长。他旁边有一对情侣，隔着一个座位，被车厢里的白光照得脸上明明亮亮，两个人都沉默不语，看着地面。地面也是明亮得生光，也不知光是不是又一次反射在他们的脸上，那个女孩的眉毛垂了下来。我的这一排座位没有人，前一站刚下去一个，男士，肤色偏黑，不太讨喜，中年的皱纹没有规律地在脸上绕着圈，让我觉得是一种诅咒，这令我想到，如果在漩涡之地，其实也不会有失去。他走后，那种像奶黄酱一样的气氛好像还留在最后一节车厢里，但对面的三个人都没有察觉。我看看刚刚关上的地铁门，看见门外瞬间的黑暗，手开始发凉。

没有哪一刻会比此时更安静，这是料得到的失去。

3.

　　那些厚的玻璃，里面有一层蓝灰色，一大块一大块，在现代的天空下排列整齐。有烟飘过来，是远方的寄予。无人查收的灰色天空，雨水也被垫在了天空之后，被凝视着直到快要透出来，一滴一滴，一丝一丝，在玻璃面前。行人、车辆、静止的建筑、路上的水洼，我们被静止在活着的时空里，未被放弃。那些烟，早已消失得无影无踪。

　　我今天在最初工作的那个地方，正好听到了《活着多好》，那是我实习的时候常在办公室里听的歌。我记得是三月天，室内处处都是阳光，绿萝将办公室点缀得素净。我恰好失恋，然后发短信给朋友说活着多好。最好的就是那时的阳光，不会像如今这样走在路上渐渐感到痛悲，那是最寡淡的弄城。

　　我看见天桥的间隙透着红蓝两色，好像又回到了我离开弄城的那个早晨。通宵工作完回到家里,写完《日记》,然后叫你搬走东西。室外的雾气被风吹进开着窗子的室内,熬红的眼睛分不清清晨还是下午,你什么也没有问,一切都好像是新的。我能分辨黑夜要到来之前的傍晚,一天之中最难过的时刻。大的十字路口,宽的马路,要我必须面对沉默。得到更胜没有,一些道理总之显得真实。

是的,我喜欢真实,但它好像不爱我。

落地开花

在姜植耀第一次来到这个城市时，这个城欲拒还迎地下了一整夜的雨，他在这场雨中思忆漫长。一个人，一座城，有点相依为命的味道。尽管如此，姜植耀还是很厌恶这个城市。他觉得，这是个非比寻常的写照———一个人寂寞的倒影烦着听了一整夜的雨声。

这个城市叫作"弄"，它正逐渐没落，人们不约而同地搬迁，搬去其他的地方，再不回头。面对"弄"，人们好像说不出什么更多的来。

这么多年来，来到这里的，就只有姜植耀一个。他为的是逃避一段由爱情开始的人生，仅此而已。

一个叫纪庭寻的女孩，是这座城市的焦点。她是城中一项选美活动发展到最鼎盛时的冠军。她的美丽就像弄城的竹叶湖一样风情万种。许多人喜欢看她超然的气质，也有很多人欣赏她耐看的火候。当年夺冠时，她讲过一番自信的话："我不美，只是你们太爱我的脸。"这是个看得清命运的女子，无论是在富贵或是困苦的时候。

夺冠后，纪庭寻与城中首富的儿子结了婚。人们开始关注这段闪电婚姻，而作为茶余饭后的谈资，老百姓刻意偏袒本城的骄傲——纪庭寻，各自说着利害的言语，危言耸听。

姜植耀显然是来错了时机，错过了繁华与亲密，只留下残旧的气息。但他也无所谓，能逃便行，谁管它是何方。

姜植耀对面的这位老人，因为顾念旧情，没有搬走。在这座城有许许多多这样的老者，他们守着自己智慧的一生和这座为之奉献的弄城，坐看夕阳落下，没有去处。而姜植耀所听到的，也只是这些老人口中辗转传来的故事。

他听老人们说——他们是爱她的。

在第二个月，纪庭寻离了婚，人们见她痛哭流涕，心生惋惜。这个女子在失婚后的第二次滂沱大雨里，跳进了竹叶湖，老人们说她坚贞，他负心。

如果只是听说，并不够神奇，多少个人曾亲眼目睹那令人揪心的悲容，那张浮肿却神态颐然的悲容。

那场雨在弄城下了三天三夜，三天三夜后，城中首富的儿子简单平静地举行了一个葬礼和一个婚礼——纪庭寻的葬礼和首富之子的婚礼。人们都记得那个悲痛欲绝的葬礼，也记得那个悲喜交加的婚礼。而那些逝去的岁月也在这一天变得模糊，人们渐行渐忘，也许唯一不变的只有纪庭寻那一张脸。她说："我不美，只是你们太爱我的脸。"

姜植耀也只是一味地听，不发表任何言论。老人们的记忆逐渐衰退，让弄城死气倍增。于是姜植耀又想要离开了，他憎恨当初选择了这座破败的城市，它令他魂不守舍地想念亲朋好友，想念他那位死去的妻子。

老人们错杂地说着故事，姜植耀用尽身心地倾听，这是他留在弄城的唯一理由，这里还有个模糊不清的故事。

那场婚礼似乎是为了弥补葬礼的悲哀，摆了三天的流水席。而最后的观礼上，人们见到了新娘，新娘很漂亮，因为她有张和纪庭寻一模一样的脸。

又不知多少年后，离去的人们始终难忘那次萦绕在心头的窒息，犹如愁云笼罩这个城市。

当时的新娘什么话也没有说，而新郎不知是悲伤还是喜悦，带着醉意，泪流满面。

姜植耀是个逃离的人，他说他一生中最大的勇气便是面对那个扑朔迷离的故事，老人们的故事充满年代感，充满落败，充满失望，充满恐惧，而他欣然接受。

姜植耀认识妻子的第一天便向这个女孩求了婚，女孩出其意外地答应了，姜植耀对老人们说这是年轻人的冲动，但老人也明白，这是致命的浪漫。姜植耀在一个月后向妻子提出了离婚，女人也出其不意地答应了。同样，姜植耀对老人们说这是年轻人的轻狂。在老人们面前。姜植耀的感情尽显无遗。

当然人们永远相信，纪庭寻没有死，她是弄城不老的灵魂。

城市陷入了疯魔，人们的眼中充满了纪庭寻的巧笑嫣然和新娘的沉和面目。她们的面庞覆盖着弄城，所有人都无处藏匿。

姜植耀在弄城的滂沱夜雨中又一次想逃离，他已无力应承这弄城滞留下来的压抑，他简单地收拾好行囊，未带留恋地迈出门，却看见老人端坐在家门口，面目慈和。

老人说，这场雨和当年的那一场很像，它们敲打门窗的节奏都是一样的，你不信的话，还可以去瞧瞧，它们在竹叶湖落下的波纹都一样。不过，年轻人，你并没见过当年的波纹，它们激荡了整个弄城。

后来人们发现这座城市莫名其妙地来了个女疯子，一身桃红。

桃红的眼影，桃红的衣，桃红的指甲油，桃红的裤，唯独一双绣花鞋是深红色，鞋面上的图案是并蒂莲。女人时常自言自语，会捂着耳朵大笑，会埋头咬着指甲，走路时总是露出小女人的娇羞情态，她的头发披散，遮住面庞。直到有一天，她顾镜自怜，大半的人们见到此情景都说真像，他们想起了纪庭寻的脸。

自此，这座城市有了三张相同的脸。

姜植耀与老人们告别，他说，谢谢你们的故事，希望你们在这这生活得很好。老人们一一叹息，故事还没有完，这弄城还没有落败呀。他们老泪纵横，挥手与姜植耀告别。

姜植耀展开地图，想看看下一个目的地是哪里，却无来由地烦恼，他似乎举步难行。

又一个月，城中首富的儿子宣布离婚，但奇怪的是新娘在婚宴上露脸后深居简出，少有人见，这些天更是像失踪一般不见人影。整个弄城都在担心，担心悲剧正在拉幕。

果然一星期后，各大媒体竞相报道了首富之子无故失踪，并追踪探寻了他的两次婚姻。寻人启示的单子撒满全城。首富不惜以重金寻觅儿子与儿媳，但就在第二晚，首富心脏病发亡故。后来人们回忆，这便是弄城衰败的导火索，接着，一发不可收拾。

弄城的雨连绵不绝，人们开始搬迁，只有那个女疯子天天拿着寻人启事，对着一滩滩水洼比对自己的面容。

三张脸，一直都是个谜，人们开始相信纪庭寻的那句话，是自己太爱那张脸，而谜底也应该只有那张美丽的脸知道。

　　姜植耀听着老人们最后讲完，没有赶上飞机。而这已是弄城最后一次航班。飞机已在天空中飞翔，它巨大身体下尽是落败的梧桐。叶子在被雨水拍打到清冷的池塘里随波荡漾，青苔已经爬上池壁，栏杆更已生锈，铭牌也破烂不堪，只剩两张寻人启事还留有边角，面目模糊。能看清的只有"寻人"两个大字和一排小字，内容是：姜植耀，男，22岁，弄城富豪姜铭之子……

　　这个城他永远都走不出，走了还是回来，回来仍旧是逃离。逃的不过是心中的一个谜。

1.

我的爱情命题中，也有卑微的一部分。喜欢一个人低到泥土里那并不是难事。因为我追求真实而得到了解，人总会因为了解而宽心，掌握了谜团之后就闭上眼顺其自然。寻找到真实后体尝的失败，那感觉是站在十字路口有风吹过的凉爽。我懂得怎样辨别前路，也懂得每条路的回转之地不过是一个源头。那些叫我唏嘘的十字路口啊，如此漂亮，放在我心里慢慢观赏。

真实就像是我需要的呼吸，它朴实得令人着迷。曾经有一个晚上，我们许久未见，不聊过往，不问发生，不过是一同坐在床前，我看电视你玩游戏，玩到兴致高的时候你会让我看看你玩，也有的时候我会不自主地看过去。又同样在很多个时刻我都会想起那个让我逐渐明白真实的夜晚，它只会发生在悄悄的一瞬，那一瞬之间比任何时刻都重要。

度过之后，会需求，那些被放大的思辨，永永远远地占据了我的情感，疑心暗生。我看水是浑浊的，我听风是呼啸的，就连坐在石凳前都会觉得沙石满地，遥远的灯光已经被欲望掩盖。回到我们的最初本来就是不容易的，我们容易变得陌生，也容易变得熟悉，容易明知故问。这一切又是这么的有趣，我知道将容易变得不容易，看起来那么简单，做起来似乎那么的难。

　　非要在乎的话，也许不过是这种真实。

2.

爱你还是不爱你？我真是一个笨蛋。

我仍旧会这么想，是因为躺在床上无论如何都睡不着的时候，发觉我们已经认识了八年。这八年里，我们的经历，可以算长也可以算短，如果非要算是一个故事，它还不算有太好的结局，又或者根本没有结局。我总是回忆起第一次认识你时的情景，然后过了很久我们渐渐熟悉，又渐渐了解，了解过后就会为了摆脱了解而争吵，在这个过程里，我因为爱你，做过一次又一次的努力。后来我才想到，也许正是因为这些，表示了我不再爱你。

爱情它像个玩笑，我活得又如此认真，做最好的演员，做无情的欺骗。我要说这些，是因为我也许已渡到自由的天地。我看见那时的我，犹如困兽，面对世界的白墙，毫无芥蒂地要撞出去。芥蒂是什么？我现在也还是不知道。我只知道自己悬着命，洪荒之中披着雨都只走一条路，那条路我将它称之为"结果"。

结果就是，它对于你是不一样的结果。我将我做得到的和做不到的，都呈现给你。于是，你在面对将要到来的第二天时，山野之中的黑幕早已在你的心底铺下了一层软沙，是那些山石被海水磨成的细沙，就这样成为了我的致命一击。我想你一定觉得，我并不爱你。我的困难和自我矛盾，原来是你一个晚上之后就能看见的与众不同。

是啊，现在再来问这个问题还有什么用呢？不是解释，也不是申辩，不过是又给自己痛下批注。改变不了结果的情感，就像皱皱的麻一样，在试图将平的过程里又喜欢着它皱皱的样子。我知道我们两个，又或者是我对于你，因为喜欢，做了再困难的事，都会觉得是为了结果。我和你争吵，是不爱你；我离开你，也是不爱你，我许多年后从你的角度想也许我为了爱你艰难地做到的这一切，可能也是不爱你。

我希望真的有一次讨好你，不是我自己。

3.

你是我已经全部消失的记忆，却忽然间在梦里发生了新的故事。

秋天到来的时候，总有些失望的我会被困住。伴随着阵阵秋风走在夜路上，那些落下的树叶是小片小片的，散在路面上无法成堆。在黄色的路灯光下，也看不出是绿还是黄，总之是轻轻的、干干的，有车路过时，会被车灯映得更加惨白，好像梨花一样。车轮一过，它们就会被一团小小的风带动起来，迅速地翻飞一圈之后又回到地面，远远地看过去，如同花生的内皮一样脆弱。顺着叶子看上去，会看见那些还在树上的，没有飘飘洒洒往下掉的叶子，隐约还是绿色，只是失了水分，萎缩得仿佛是马上要蜷起的一个虫子。灯光在它们的阴面将那些经络照得更加凸显，犹如人的手指。它指向河流，风吹得急，水也流得急，似乎马上就要将桥团团围住打起漩涡。我在快步向前的时候，瞥见了被光照射的蛛丝，牵得很远很远，只是一瞬间的事。是呀，这些光亮都是瞬间的，还有路过的那些树影和时隐时现的自己的影子。而风与他们在不同的空间里，又困在了不好的时间里。

很难想象一个握有大多数人青春的人的存在。直到几年之后我再一次见到他，才仿佛记起：哦，原来那一次我看见他翻过学校的铁门时，就该明白，青春像暗夜一样悄悄地消失了，剩下他越走越远的身影，映衬在身旁的石壁上，孤单得像一只动物。

电风扇还在我的身边转啊转，我更加安静地坐着，看着电视，思绪却已经飞过了千万里。下起雨来了，绵长的雨夜，桥上面闪过一个又一个影子，我的、路灯的、桥的、远处的高楼和迅速落下的雨滴的，我以为我按下手机拍下的景象，这一刻你也会看见。

我就这样总是要急切地踏上路程，即使带着不舍得，如同失去眷恋。也许很多年内都不会再看到与那一日相同的夜景，潇潇雨下，寒凉四起。也许再一次浸入雨夜的时候便可以唤起记忆，分不清是已拥有还是已失去的。那一年我在思索，为什么人不能拥有整座富士山呢？要绕过去所花的经年之力，还有痛，人的热情被磨灭，被无尽的困苦抛弃，被借口掩盖，被一次又一次新的奇遇冲击。当我面对夜雾还能看见因你而流淌着的执着时，也已经不知道该如何回答这些问题。

我可以回答你，但最难回答的就是自己。

然后第二年，我北上平原，刚到火车站就掉了手机，一路上尽望辽阔的风景，十几个小时完全没有言语。是关山万里，还是人生如梦？

4.

我猜这世上一定有许多隐形人，他们在我们看不见的地方，默默地做着许多事情。做那些不被看见的事情是最累的，累而无形的隐形人眼泪又会是什么样？我很好奇。相比好奇，我更想去做一个隐形人，看见世界，遁而无踪。但是要做到这一点，也许要等到万万年之后。

那个时候，不知地球与我，哪个还存在，未来的我知道我今日所想，是为了什么。现在的我，缩小时空，只是明天回到弄城。今天细妹问我，你会不会有一天也离开若城，好难回答的问题。我的思绪又飘回到弄城，雨夜里，我一个人听着《太聪明》，蹚着雨水，走到很远。

那是隐形吗？那是一个人的自由。广阔天地，遥遥远方，雨和万物，都在静止。这静止与我连成动作，不被看见而隐形。

某年某月某日某时某刻，这是埋没在你我看不见时空里的片刻，如烟如雾，像光和尘。

在离开你之后，再也不问自己为什么。不必知道自己是什么样的人，又会成为什么样的人。变成水，变成空气，我觉得活着就是自己。

5.

爱和伤害总是会被绑在一起。我想要自然地去喜欢一个人，跟着灵魂，不被约束，因此而愉悦，而不是畏首畏尾。我看重了解，是因为想令你舒服，我害怕爱的力量破天而来，闪电一样，闪避未及。惧怕、恐慌，没有哪一样不是伴随着灾难而来，它使我徘徊、困扰，分裂成无数个自己，而也只有最伤心的那个自己能得胜。

时间是晚上九点钟，刚刚结束令人烦扰的工作，我鼓足勇气走进了耀打工的酒吧，我想这个时间人不会特别多，耀也不在，我自得其所。

坐下来后，我点了一杯"不知不觉"。那是我上一次来最喜欢喝的酒，颜色像水，味道酸涩。可能它是柚子的青绿色，只是灯光昏暗看不出来。这家酒吧的冰块很大，不是寻常小冰格冻出来的规则体，它们的形状都像银河系中行星的卫星，倾向于圆，看上去像土豆，憨厚可爱。

我的旁边坐着两位外地女生，一直和吧台的两位调酒师聊天。调酒师和两位女生来自同一个地方，一个胖墩墩长得卡通，一个长发马甲偶像路线。他们围绕着自己的男女朋友和异性做什么事会令自己生气的话题谈论了很久。四个人一致认为吃饭是没有关系的，而看电影不行，我想这应该是因为看电影属于大家内心交流的部分。

你会为了什么而烦恼呢？交际？交际中恐怕你会气到爆炸，白羊座纯粹简单，如何能一次又一次备受折磨，或许是你被考验的一个过程。白羊的情感赤诚专一，洪炉火炼金一般神奇，我想象的、我眼中的你就是这样。

我今天工作时，看见一个皮肤白皙眼睛透澈的女人，她令人印象深刻。她依靠在栏杆上听歌，不过只在一只耳朵上挂着耳机，人来人往，目光坚定，却有一种卑微的孤独感。是不是单耳戴耳机的人都是这样，既不能抛却也不能融入。

我想告诉你，我看见了她，她步伐很大，却又没有目标，茫茫人世，淹没她只需要三秒钟。

他们的话题还在继续，我听见右边又右边的女生夸那个偶像系的调酒师帅，也好像提到了你的名字，她说他要比你帅。你是会这样被客人提起，鲜活而可爱，然后被比较。我喝着酒，苦涩的柚子味在喉咙间回荡。是时候继续工作了。

回去将《西西里岛的美丽传说》看完，这个一往情深的故事。一个男孩的爱，令他明白真实，学会思辨，教会他为了爱的人无声又无息地保留美好，后来这个男孩长大，有了若干个爱人，都无法忘怀这个未曾要求过的爱人。如果我是那个男孩，我也会为爱的人甄选出真实。

你不在，这个酒吧人还不太多，你忙碌的样子和傻傻的笑意都融化在酒精中。吧台前的椅子摇摇晃晃，我的喜欢也在摇摇晃晃，我要一个人体验这个过程，分化、消解，做一件体察真心，任其成长的事情，是多么的苦涩又有趣。

唯望你不可改变，待我重回布拉格，天气亦算好。
而每一个故事，都会有提前完结的可能，时光的流逝化作默默的水流，我将要启程离开弄城，回到梦幻地。

6.

　　当我想要结束这段令人愈发感到虚无的关系时，我看见了大片
大片墨绿色、深蓝色甚至是死黑的树木山石，到处都是我们不断丢
失的黑暗，叠盖在我们一段又一段的旅途上，好让你对比出光明。
有人在迷路，在城市里打转，在一片微弱灯光下显得苍白。这原是
我不曾到过的南方，却是我一程又一程痛失自己的远方。在上下求
索情感的这条路上，我爬都要爬个明白，闭眼看不见那无法逾越的
高山，埋首细数自己的每一个脚步。我为命途做的标记，如同星星
一般成为时间逝去的产物，闪闪发亮。在这个抬头便是整片星空的
地方，原来伤害这样容易去弥补。

　　我相信彩虹会移动到另一方，因为我见过。这些神奇天象你
我都不曾一起见过，甚至惊叹时也不曾想到过对方，那为什么我

心中要长留无法与你共享的遗憾。我觉得你没有看到，那是我无法模拟的情绪，我和你在一起，体尝你的经历，身体发肤每一次呼吸都能感受到你的情绪，但这"没有"是我最惧怕的，比失去还要可怕的便是这不知道。我留下的空白，没有什么能够填得进来。

　　人生就是一场无法相信的噩梦。

7.

　　冬天里的树木都是枯枝，干干净净的浅棕色。天气好的时候，太阳会早早地出来，包裹在看不见的云彩里，刚好就挂在这些枝梢上，透着朦朦胧胧的光，环绕着冬天的一片清冷。天上是冷的，地上也不过是瞎热闹。坐在车里的时候，那层薄日就在我脑后，我只能在那些高楼大厦的窗户反光中感受那一点点光，一点一点跳跃移动，太阳好像追着你跑，沿着那些铺陈开来的树枝，一派肤浅天真的样子。

　　等日光将那些空中的湿气都赶走的时候，这天才算真真正正地好起来，穿上衣服，恰到好处的温暖。读书的时候，虽然是秋天，但早晨的时候也是这个温度，拿本杂志坐在学校里一看就可以看一个小时。左边是学校出晨功的人，右边是老人家晨练，全世界都好像移民到了水杯里，湿气透过薄膜，真实地印在身上。

　　后来我很少享受到那样的清晨，没有大雾，没有桂花粥，没有下楼就看见的洒水车，一切都要从头开始。

　　而那个天色欲暗的黄昏，所有的事物都变得模糊的时候，我们都生活在彼此的时空里。生活交叠在一起时，地球转得很快；停下来的时候，可以看见世界全景和一片日落，不过那都模糊。

　　正好衬出，如今的清晨是多么清晰。

8.

我在想，那女孩为什么大雪天里抽柴火。

秦可卿的悲音入梦时，眼泪就流了下来，那是一场不需要讲自己的戏，但讲完之后，她就去了。电话里的声音和梦里的声音一样，有一种深深的孤寂。喜欢和深爱都是喜事呢？也许没有得到，但在睡梦里，也忘不了你，是最大的托付。我感觉自己就像一张弓，在爱欲中被拉到最大，但是箭却没有了，那把箭是我不舍得吗？并非；是我要靠它认识自己吗？可能。我从中产生的疑问，就是我看不到的反面吧。

我明白了，那女孩为什么大雪天里抽柴火。她想做一次"我"，却总有人询问。

我在回家的路上,觉得自己像是一道被射出去的光,只是很不明亮。我在这个过程里,不知会去向何处,时间对于我来说没有意义,我却看见了身边所有人因它而流动,他们都不会停歇,一刻不停地变化着,我寻着他们,证明自己老了。

　　我错失过生命中的偶然,一定是的,不然我不会像现在这样活着。我一定眼睁睁地看它发生,然后无动于衷地不以为然。我们分开了,永不再见了,心里面的念想像萤火虫的微光一样忽明忽暗。路人走过池塘,伸手拨开那些萤火,将脸埋在夜色下,倒吸了一口冷风。夏天掺杂在冬天里,什么都是肃杀萧瑟的。

　　远去,我躺在悲伤柔软的空气里,因热情而飘浮着,望着所有渐远却起不来身。

　　走出地铁的一刹那,城市在湿润的寒气中好像被抬高了一点点,这一点点高令我觉得孤独。我见不到你,然后没所谓,闭上眼,被一层薄雾轻轻包裹着,这就是平行世界的来临吧。
　　人的命运,就好像终有一天要放下。我站在原地,觉得自己不要在茫茫人海中认出你了。你去吧,我将看到各式各样的面孔,却不认识。不再记得你,也不再认识你。就在这个时空里,我们封结这段命运。

炼金术

　　她在车座上最后盯着他看的时候，夜晚高楼的影子不停地覆盖在他那一张满是谎言的脸上，她忽然觉得她纷扰的内心好像被这一层层迅速闪过的影子遮蔽，她不断地告诉自己，这也许是最后一次和他在一起了。他还是一副浑然不觉的样子，和司机聊着天，语气里面透露着某种期待。她记忆里时常会飘过童年的那个初夏，她第一时间穿上了短衣短裤，走在被太阳晒得软软的柏油路上。她觉得阳光好大，树叶上好多灰，可是一切都是那么令人愉悦。等她回过神来的时候已经到家了。

　　她枕在他胸前的时候，听见了他体内血液流动的声音，好像是一个大鱼缸，有一条、两条、三条、无数条的鱼在游动着，要静静地才能感觉到鱼儿摆动尾巴撞击鱼缸的声音，这个声音告诉她，水流在她的耳内从未消失。有的时候她会觉得她就睡在水中，头不知道是枕在哪里，会有许多鱼游进她的左耳，可它从来不从她的右耳游出。她的右耳被压在了他心脏的位置，这里面应该有许多由谎言变成的鱼吧。

太久了，她希望这只是幻听，因为有的时候水流的声音会停止，让她听见他扑通扑通的心跳。她想起了《心动》里梁咏琪见到金城武的时候。看这部电影的时候她十五岁，她在那个夏天不停地咬自己的无名指第二个关节。当她将被子盖住整个自己的时候，一个梦到来了。梦境里充斥着像这座城市一样的味道，她忽然感觉到这座城市的另一段历史，一段雨水丰沛、刺骨寒凉的历史。她梦见自己的亲人，亲人带着她在黄沙路中走了很久，她终于忍不住哭了起来，她问她的亲人这是不是一条去黄泉的路。亲人慈祥地向她笑，告诉她知道自己死了的人正是要去那，而另一边回家的行人，他们是刚刚知道自己死了，去还欠下的尘世债，还完了债才可以安安心心地走黄泉路。她回了回头，看见了他。

他的样子一直具有这座城市精心打磨出来的气质，换了个环境就会觉得好像是一缕升腾的光。她从梦里醒来的时候，看见他在一旁像个小孩蜷缩起来，窗外的路灯正好扫过他的嘴角，飞蛾的影子不断地掠过。她坐了起来，闭上眼，觉得整个房间有明明灭灭的灯光，一下两下，在心里默数到打了第一个呵欠。短短时间过后，她回忆起来了这个男人对她的第一个谎言。

谎言在他的世界里也许只是一片从未见过的大海，因为这个男人告诉她他没有见过大海，会带着她一起去，躺在夜晚的海滩，看海浪席卷一个又一个内心里的故事。夜叉夜间自海上来，只为一睹人间的忧愁与寂寞，他怕早晨的太阳会看见他干涸在眼眶里的泪水。她相信他，她觉得他虽然没有见过海，但心里早就有海了。

后来弄城被一场洪水淹了三天，这个男人坐在房檐上，想起自己曾经对她说过这样一番未曾实现的话语。他看着漂浮于洪水之间的各种电器，终于流下了他一直想在海边流下的那滴眼泪，眼泪顺着脸颊到手臂，从手臂到手中的烟，烟丝袅袅，他目睹了一次海市蜃楼。

她并不知道，在他们分开后，这个男人在那一刻好像夹杂着愧疚的一点想念，她一直都不知道。

她自那次见到他和另一个女人亲密热吻之后开始了新的旅程。这旅途有点新又有点旧，有许多她说不出也不想面对的伤心与难过。她想搬到海边住，看海那边过来的夜叉，替男人流下他不能流的泪。

星光闪烁的夜晚，没有一丝风，有人在池塘里捞虾，她走在他的身边听蛙声连片。石凳上坐着一位老人，孤独地听着晚间新闻，远处路灯一明一灭，最后消失在捞虾人一声喜悦的欢呼之中，她拉紧他的手坐上了一辆看上去让她不会被离弃的出租车。

这是弄城最后的一点小历史，亦是她和他的此刻。

弄城 · 炼金术

苏守 ....

1.

　　昨夜下雨，我在回家的路上想起了那段关于火车沿着海洋行驶的回忆。我在火车上看得见灰暗的天，墨蓝的海，脸上消失的爱意。火车经过的崇山峻岭也是这样的颜色，最深的蓝。我曾疑心，有谎言和秘密，如此应景，风景拍打在我的脸上，它们被知道一万次的准备都已经做好。

　　雷声被闷在天空里的时候，才有机会看到宇宙的另一面，那一面一定会站着一个反面的你，如果有一天被那个你唤醒，也不过是蓄势待发的样子。那一年里的冬天，有太多的相同气味。

　　沉默如路人，最多遇到三四位。我已修成正果，是敌又带着友，天黑的城市呼吸着来来往往，早已习惯如何对待你身边的每一位。用无声代表深想，用伤疤让别人开心，有人将过去埋在回忆里，我把它一遍又一遍地铺陈在将来里。感情历久弥新，也让我愈见困顿。不知是否将你的善良变成了我赖以生存的密码。

深蓝在背后，浅蓝在远方，有一条灰色的长长的路。你的身边有线，那是许多人都拉扯的时间。

2.

你是否已经醒来？

前几天的寻常夜里，月亮缺了一个边，好像谁用刀子轻轻地划去了一样，即使在依旧炎热的秋夜里，仍然显得清冷。我在树下看着它被暗沉的叶子遮掩得破碎，我仿佛又看见了你柔润的侧脸，眉毛深深地陷进路灯光中。只有微微的一束光和月光掺杂在一起，融在我们说话的声音里。你隐没在雨中，往后躲着，眼神向远方延伸，我不知道那清明的秋天里谁的身影会模糊不见。

是呀，人心善变，唯有你柔软的面孔永不变。

苏守 ···

3.

　　这个画面，不是关于末日，它是那天我见到的雪夜的光。我低着头走路，路灯下只有雪和树枝的倒影，如同回到傍晚，让人沉浸其中，你在等待我因局限而察知美好。在世界循环往前的过程中，无论我们走得多快，时间都是一个凝固不变的状态，它形成了我们所未知的规律，证明它的流动。

　　想要忘记痛苦，不是一件简单的事情。在这样的流动中，我知道我须面对高楼，重温霓虹，臆测如石头般结实地落下，闭着眼就可成为脑内的云烟。夜晚的树木悬挂着一些冰冷的心，迎着寒风目送远去的大桥而毫无惧怕，活在冻雾中不比活在伤痛中要好。我看见的只是我所望。冷的时候，景色会变成想象物，然后放置在痛苦里，刚好凝成不美观的冰晶，也许是像冰块一样的灰矿石，扑向我眼前的大网而陨落。

　　也许有一天，你我也会再次经历这相同的情境，重复才使人幸福，不是吗？除去重复之外，还有失去。

4.

远方，你的追求，我总是能够听见，想象着在暗淡的天色中，树木叠印在窗户上，四处都有古老的橙黄色的灯光，影子的黑透着斑点，雨滴在窗户上滑落下来。我在我的手背上看见一条轨迹。你会怎样去进行，踩着我们的记忆，不重要的丢进不被看见的河堤。我不断地想着，好奇将我掩埋，让我透不过气。我拨开井盖，身下的井水凉得像你冰冷的脸庞，天很遥远，看得见的方寸永不会消逝。人生那些不可替换的真理啊，你们慢慢地消失吧，好让我残留的记忆爬上井口，见一见灰蒙蒙的你和世界。

而今，我却只能拥有一个假装睡去的夜晚，它是爱而不见的度过。

梦到内河

⋯⋯⋯⋯⋯⋯⋯⋯⋯⋯⋯⋯⋯⋯⋯⋯⋯⋯⋯⋯⋯⋯⋯⋯⋯⋯⋯ 离开

当我关上门，让你走出我的眼界的时候，弄城的瀑布第一次断流，这是弄城几百年来的奇观，人们站在弄城西面远途山前，被这气势恢宏的场景所打动。后来大家意识到，在目睹奇迹的那一天，人们都想起了自己最难舍的回忆。那一个晚上，我跑过整座城市，到处都能听见瀑布的流水一滴一滴落下的声音。

这个秋天的第一场雨是下在昨天清晨五点的。当我戴着耳机闭着眼睛沉睡在潮湿灰暗的天空下时，我看见了你的影子。它常在路灯下徘徊，任雨水落在肩膀和手臂。路面溅起的水花不再有高楼的影子，只是一朵一朵地开在了我常伴黑夜的眼睛里。

我想我醒来时，可以见到弄城的夜雨滂沱。

在下过雨后忽然干燥起来的清晨，我看见一幢幢楼房全部变成了灰白色。我用三年的时间一直在逃离弄城，现在它们在我眼中又化为水泥，凝固在风中。风中有许多条河流，全都是这场细雨汇聚而成的诺言。于是在这一场令人嗟叹的风中我想起了多年前的某一日，我已预见过这一天。在我的梦想里，弄城干涸，日以继夜。

你走之后我听过许多人说起发生在你身上的故事，每一个故事都包含着我才能读懂的虚构。

大雨很快覆盖了整座弄城，我看见他打着伞经过铁轨，世界凝结成水雾将他吞噬。他戴着帽子，脸上依然有雨水。我觉得他像是在哭，只是固执得不让一切变得浑浊。他的世界会有她最爱的纯净与天真，是我和这场大雨都无法拥有的情怀。

我在站台的最后一刻，是感觉到你的存在的。你回过三次头，两次看他，一次看我，你知道他在，却并不知道我在。如果那一次是属于我的话。巨大的水幕在三声之后倾泻而下，弄城的铁轨第一次被大水淹没，这样一个过程持续了七秒，这七秒之内我想得很清楚，是我该离开弄城的时候了。

我在站台的末尾欣赏月亮，它还是保持着被束缚的样子，光隐隐约约地全都收在一小簇范围之内。它看得见所有离别的雨水，可能有一些会去往月亮之上，化作朦胧月晕。雷声和火车一直交缠震动着地面，脚边的池塘里密密麻麻地撒开一圈一圈波纹，让我再一次想到那个密实的黑夜。

有多少分开会没有征兆，有多少言语是想藏在心底，又有多少自己不想被你认识。列车不止一次地经过我的身边，我总是想了想，又却步。月亮朗照在云端，世界清清楚楚，不过是缥缈的云、闪亮的铁轨和散发着烟味的寂静站台。

那一个夜晚，苏守乘坐的开往海边的列车曾途经弄城。平原之上，苏守有一丝想要下车的冲动，但当他看见那个站台上孤身一人的男人，便决定再也不回头。他在海边收获到了新的故事，而那个孤独的男人也搭乘着这列车开始了新的旅途。他们一生都在告诉自己如何去放弃。

当列车开到月亮也照射不到的地方时，弄城的雨大到人们都无法出门，雨水积聚汇流成新的水流，弄城的瀑布再一次飞流直下。

或许一切真的只是因为一个人的离开。

1.

　　那场浩劫过后，我在漫天通透的日光里存活下来，随时会崩裂的伤口被那记忆的风声慢慢舔噬。它不知，有一根无处着落的针，依然在深深刺痛我的肌肤。后来我总是一个人看着替我遮住阳光的白云，回想那场浩劫，像热柠檬般的温存不时地涌上心头，我都已忘记了彼时锥心的不舍与甘愿。

　　我一直告诉自己，那场被动的离别并不会再来，浩劫余生总会善待自己那片短暂纷扰的光年。后来的时光里，抹着某些光彩的雨一直不停地下，在这个时间里我会觉得安静。唯有那些淅沥而直接的雨告知我这个世界的安宁与想念。

　　安宁是我初见旋木之像时的心动，是我回头时那挥之不去的幻觉。这些都是我在那场浩劫中获得的本领，它们永远不会离开我，唯一离开的是那浩劫带走的一切。究竟有些什么，我也不太记得。我就这么走了出来，又或者是看着你走了出去。

这也许本是一首单一的歌，却不断重复。歌者在昏暗里一遍又一遍地吟唱。我相信了海上金色光芒对我说的虚假之言，再一次闯入禁地，来到无人的小岛，拾起飘落的阔叶。就是这么一瞬间，一场海浪、一场欢笑、一场退潮、一场恐惧，靠近我，直至我沉没在这场漫长欢愉的黑暗之光中。

那天我相信了你说的话，但现在不信了。

今天我漂浮在海上，一切变得孤独又虚妄，恍惚又是那场浩劫的重现。

我看见那一次离开的人，我真想说一句——我恨你。

那些雨又一次下了起来，所有的人打着伞四处归家，雨水在车窗上温柔地滑过，又不见阳光，也不见大海。其实我明白这一刻你是很好的。

2.

　　九月的秋天夜里，我以工作之名待在这个杂乱无章的机房里。兴许我终身会被这样的命运所包围，将一颗心投入某一个天凉的清晨。我走在雨中，伴以微微天光，背后的建筑阴影在伞下，一段段失去要被写在离去里。面对自然寡言的我，是最真实的自在。

　　那种自在，便是克制。

　　我之所以知道自己仍旧喜欢着你，是因为我看见天地山川、花鸟鱼虫的自然之光，依旧懂得克制。我心里住着樊笼，好看的尽收眼底，也不会从我的心跑去你的心。因为我明白，经过了我的心的，你怎会喜欢。你是那般自由，不受管束，想法和心思就好像能够能令山河避路，你应配至纯至深的爱，而不是我这样加工过的爱。令我克制的，正是生爱之道。想你和不想你，于我来说，没有什么两样，都是徜徉广厦间，被吞噬和被遗忘。

　　虚无总是这样包围着我，使我不受记忆理睬，眼见造物，一秒一天地。

苏守 ···

3.

　　并非从一而终的过去，会教人经受一些路途上生活的折磨。由事实而引发的思考，总是显得像摇摇欲坠的木楼一样。它很危险，凭感性支撑起的小小承托，仿佛也能包纳世界。这是许多人喜欢另外的许多人的方式。一个人活在世界上，如果对绝望产生疑问，回答它，又会变得麻木。这种理性，成了我爱你的方式。

　　印象里灰色而潮湿的天色，下着小雨，我路过街旁的花店。那些松动的路砖，随时会被不小心踩上而脏水四溅，行人们打着伞，可以遮住脸上的神色，花店里传来*Can you feel my world*，那首歌在沉重的天气下格外动听。我想快些走回家，看《流金岁月》，表妹转过头来同我说话，感觉太阳一晃眼。那个地方晴天的时候，灰尘真是多呀，下雨的时候，又满是泥泞。

　　最怀念的，是我同你的亲密。那是电影院里皱着眉头不说话的你。银幕上的光让你的双眼闪闪发亮，秋风也无法将这些带走。

4.

那一个晚上，我吃了两大碗面条，有我爱吃的酸豇豆。坐在沙发上，守在电视机旁。砖红的沙发在日光灯下有着凹凸的细痕，手放上去抚摸可以消除思考的焦虑，一室之内，不过如此。茶几上的饭菜还来不及收，节目便开始了。阳台外黑夜来临，玻璃反射出室内的影子，客厅变得狭长，我们依然坐着。

我在入睡的时候，明白我得紧捉着一点点模糊的记忆，放在尚能够想起的脑海中。那生命中无数闪烁的白光，稳固而清醒，凝结我们的画面，即使忘了下一个，也会有一天被放下。

那天，我远远望着他们收起黑布的时候，才意识到要离开了。我并不喜欢这里，气候、人情均非我所爱，但仍旧一住四个月。人的意志慢慢从坚持到麻木，时间过得很快。这里的云像书上的印花，剪着边，贴上了天空，风来得没有预兆，雨更是说下便下，气温也随着变化，人定要知冷暖。唯一谈得上喜欢的，只有那刚摘下来的杨梅，酸涩入口，叫人怀念，那也是我想与你同享之味。

行到孤独处，人便要转换关系，上天垂怜，与我有变。我与你，打破从前，好像又要重新开始一样，这新鲜，令我兴奋，也让我思考。

原来我竟可以不去拥有什么而度过这么久，然后再来营造一个从前期盼的新天地。曾经在商厦转角不曾发生的思忆，还有风吹路口不会难过的过去。我们已经学会陌生、隐瞒、僵持与争吵，却还有这样回望时得到一刻的安静，它撬掉了我身后所有的墙面，只留下支撑的框架被风轻抚。

这一切就像是昨天凌晨四点钟，我戴上耳机，关掉灯，闭上双眼，慢慢睡去时的情景。而那个时空对角线的我，仍旧在焦虑着我们漫长的一生，爱着什么样的人，有着什么样的情，将会做什么样的梦。

5.

走回家，刚好又听到《我很好》，于是又过渡到生命中的某个时刻。这首歌的歌词像是量身定做，字字入心，每次都让我的心紧绷成一块很小很小的坚硬石头。我抬头看着操场上的风车，转啊转的，想说过去又有什么好想的，每次都是这么一些。是的，每次都要让自己耐心地留在旅途上。

前些日子，传言会地震，我从外面回来，依靠在床上，听窗外的雨声，大概是感觉到末日要来临，想起了几年前做过的一个类似的梦。梦里也是下着一场巨大的黑雨，地下的生命苏醒，在一圈又一圈地跑着。后来在我看了《哈利·波特》的第三部之后，那个梦与摄魂怪的形象重叠到了一起，又损失掉了许多快乐。接着几年后又与伴随着你的某场大雨重叠在一起，增加了几重现实。原来迷梦清醒，命途中的哀愁全为虚假的真实。我坐着没多久，应该是睡着了，像往常每一日一样，睡睡醒醒，闹铃就开始响了。闷雷过后，其实什么事都没有发生，只觉得有些雨下到房间里，湿漉漉的撇不清。那些我们不想要的，偏偏就像水一样重造着你。

雨天的时候，我会走路回家，浑身湿个透，途中会循环播放《河内》，"就像有微风，拂过了生命的相同"。那些人生中能承受的、不能承受的，都会浑然一片，埋藏于记忆。"让我有了想要下车的冲动"。它让我郁结于心的故事成为琥珀，埋藏在一层又一层浇灌我身体的雨水里，被一次又一次的回想覆盖着，重叠过一次又一次的现实，忘掉最开始的样子，忘掉看得见的缝隙，忘掉它还会发出声音。

它是苏守的故事，在一次路过弄城的火车上，他想起了从前的事。当微风吹过，朗月清照，一路上平原安静而动人，直到慢慢下起了弄城才有的雨水，他忽然有了想要回去的冲动。他比我们谁都幸运，在那个故事里，没有人会追问他结果，他永永远远地停在了冲动的那一刻，他挣扎，也享受。因为无数个后来的自己会记得那一刻的感觉，解决一辈子的疑惑。

生命短暂又长久，只会有那么一瞬间才是熟悉的。

弄城 · 时间河

时间河

··· 选择

我想虽然他没说，但这个故事你一定听得到。

不记得是几年后，苏守悄悄回过一次弄城。弄城的雨至今还没有停下来，淅淅沥沥像要下到人的骨子里。弄城看上去似乎比从前更繁华，霓虹闪烁，车水马龙，但到底不是苏守少年时的景象，些许熟悉之间总夹杂着变了味的陌生，苍凉地将他隔在了清冷的世界之外。

你不记得你来到弄城多少年月，颓败的这座城池让你的生活越来越朝着惬意的方向走去。这并不是你要的生活，但瓢泼雨水选择了你，你只好死心塌地地留在这里，找寻一个出口和一个永永远远都无法成为真实的故事。

苏守的思绪又回到当年那辆离开城市的车上，窗摇下来的时候刚好下起了瓢泼大雨。他看着车窗外的朦胧世界，觉得好像看到了一个多年没有遇见的人，再回过头去，车已行驶出这条街。

弄城在几年间成为繁华都会，人人埋首前行，历史则无人问津。苏守在那天总觉得看到了她，又或是她有意地徘徊在自己的附近，但人群之中谁都会孤寂地捕风捉影。弄城人不会改变自己的品质，只是在竹叶湖一事之后开始学会三缄其口，不爱说话，不爱交流，每个人的眼里都是深蓝色的陌生。

你还是在弄城里游荡，你把这座城市里一座像迷宫般的图书馆中的每条路都记得清清楚楚，并且记得你悄悄撕下的书页。这些书页看起来没有什么特别，但使你想起许许多多你最爱的事物。遗憾的是，或许有一天，你并不能带他们一起离开。

你爱夜晚多过白天，偶尔月光下也会有中暑的错觉。你靠着正在拆建的楼房行走，随时想也许会有掉下的砖头将你的脑袋砸上一个洞，血流过眼睛的时候，你会觉得轻松。

苏守没有回到自己的旧居居住，但他回去看过自己的花草，看得出来有人接手细心养育过，却又遗失了两盆海棠，想来这人也许不太爱海棠。他循着自己都快要忘记的旧路走到竹叶湖旁的旅店住下的时候，才想起若干年前似乎存在的一件往事。

往事被竹叶湖越来越清澈的湖水微波荡漾地推过苏守的心头。他看见自己在尘沙漫天的街道上和周嫱一起回家，周嫱向他诉说了昨夜一个离奇的梦境，隔得太远又没有听清，然后又忽然下起雪来，越来越大，越来越冷，他和程孜暗示了一辈子的道别。

　　他想起，这两株海棠，一个是周嫱一个是程孜。

　　你总觉得你不久就要离开，你见过这个城市走得最彻底的苏守养的花草，还代为照顾。你在两株海棠下发现了两封信，告诫自己没有后路的信。你将信收藏在了自己的衣兜里，让两株海棠沉进了竹叶湖，你想起洛源了吗？

　　幸好你没有遗忘。遗忘是这个城市最难以面对的伤痕。

　　苏守不想有人知道他来过，他选择在最炎热的时候穿过三个街口去几年来唯一剩下的那座图书馆。他微微有些中暑的感觉，觉得陌生却又有一股熟悉的开心。他在外生活多年，明白这样的感觉是多么难得。他想找一个故事，找一个人，找多年之前让他徘徊在红绿灯前数了一千一百二十四下闪烁之光的雨夜。

　　他会觉得这图书馆的某一个角落里藏着当年的因缘际会。

　　你每天都看苏守的信，始终觉得这两个故事还没有完，你甚至怀疑他并没有离开。在有一天大雨浇烂你没有来得及关上的窗子时，你下意识地望望路口，你想到，你很久没有见过其他人了。

睡在床上的时候，你做了一个关于火车的梦。火车开到了一望无垠的平原上，平原上有许多的电线杆，横七竖八地倒在湿漉漉的土地上，你觉得你的背后有人，有人在对着你呼气。

　　你在想这么多年你真的有恐惧过吗？你想过用别的方式去追寻一个你多年都没有找到的出路吗？当有一天开始传说弄城有一个永远走不出去的人的时候，你还会这样执着吗？

　　苏守又一次在姜植耀的身边走过，这一次苏宁闻到了他的海棠香，他想停下来叫住他。但姜植耀走得很快，似乎不想搭理别人，恍神间，他就离开了苏守的视野。

　　三天后，苏守离开了弄城，没有人知道他又带走了什么样的遗憾。从此以后，他应该是再也没有回来过。

　　或许你知道这是他唯一的秘密。

　　也不管是他还是你。

苏守 ···

/.

　　九月三十日的夜晚，天空里已经没有了闪亮的星。我看着眼前的世界旋涡，暗棕红色的尘沙粒遮住了曾走过的路程，有许多我已经看不见。

　　我忽然想起测舟庙，那是一个似乎只有外地人才有兴致去的地方。印象里我每一次去，感觉都差不太多，杂乱的商品，空气里弥漫着沉重与促狭，即使在晴日，也会被那里阴霾一片的天压在心上。那天我与你坐在马路边，不知目的，也不知道将来会发生什么，一眼望过去，好像天就托在头顶，矮得不能再矮。世界的一切都像当时一样被凝固，并无法改变，转过头去，那条长长的来时的路，一直延伸到了更明亮的地方。只有一次，我记忆里快致遗忘的那一次，我再次去到了那里，想不起来的记忆和没有经过的马路，令这世界的天空好像又高了一点点。

这是我现在的感受。原来人旅居在世上，要告别一个地方千万遍。

在我习惯告别的这些年里，仿佛从头到尾就只有一个人。那个擅造谎言的你渐渐消失在世界的另一边。他们将你的脸涂拭一次又一次，直到偶尔闪现在莫名的天气里，连着建筑与绿叶。

我不用听，光凭那些光影，就可认出你。我不听谎言，不听妄言，我知道那是我知道的你。

表面的和平

周嫱离世的那一年，我并不知道。朋友们很努力地向我隐瞒，只是因为那时我已无力再承担如此沉痛的消息。在那一年某夜，我的妻子韩舍睡在我身边，面带微笑悄无声息地离开，那是个月光惨淡的夜晚，没有任何即将风雨飘零的预兆。妻子与我诉说了她与高中好友苏彦的一些趣事后恬然睡去，临窗微淡的清冷光线残留在她的嘴角。随即而来的第二日早晨，她抓着我的手，白天的光从室外照射在她的眼睛上，已没有了闪烁，我哑口失言。

后来我才知道，周嫱也在那一天因为无法承受病痛折磨而选择自杀，抢救无效亡故。

妻子的死我只告诉了苏彦，因为最后那一晚妻子的脑海里充斥着太多关于她的影像，也因为苏彦曾经是我初中时最好的玩伴。苏彦对于妻子的亡故，悲恸不已。然后于当日大雨滂沱的夜晚转身离去，她也未曾多给予我只言片语。

　　若干天之后，我收到了来自苏彦的一封信，信的内容与妻子那夜的款款陈述大抵相关。妻子与她在整个烂漫的高中时代，曾经喜欢上同一个男孩子，最简单的三角关系以及深厚的友情。苏彦还和妻子约定将来再遇见这个男孩，一定要一同再让他难堪一回。而我初中的青葱岁月，也是伴随着苏彦诸多带有报复性的约定绵延许久。我们总有去不完的地方与做不完的事。

　　知道周嫱的事是在第二年，我对苏彦说，我想去看看周嫱，这几年和朋友们少了联系，我想从她先开始。苏彦告诉了我这个迟来一年的消息：周嫱死了。我握着电话，腹中的食物随着我的记忆不停翻腾，我最后呕吐晕倒在地板上，只隐约听见苏彦探询的声音，酸臭腐蚀在久无天日的房室，我觉得我被这一场汹涌而至的死亡凌虐，体无完肤。

　　记忆回转到若干年前，我和苏彦轻轻走在陌生、破败的废旧厂区。萧瑟的秋天，樟树枝叶绿得沉重，四周了无人烟，仿佛被莫大的空虚填充着。我悄声问苏彦，你怕不怕死？她低着头，思索了很久，摇摇头。我没有再去追问她是不怕还是不知道，但那一日，我被死寂塞满了整个心房，仿佛放在无垠的荒原，埋没在大风扬起的尘灰里，不辨来路与去向。那一年我十五岁，青春最美的年华才刚刚开始，我却陷入了对死亡的恐惧。

我说周嫱，我还未来得及向你道别，这几年我们甚少联系，你最后的模样我也不知道。也许你变胖了又变瘦了，头发长了又剪短了，变化来来回回，我都不会来得及知道，那是不是我们大家都当自己没有变过。但你已离开，我只能回忆到那个阳光透过玻璃窗照在你的清爽短发上的时间，你粲然一笑，光影奔腾。你说下午我们要去看场电影，很好看的电影，接着再摇头向我叹道："你是不知道有多好看。"我却始终傻笑地看着你，不发一言。

那天下午，我和苏彦、莫晨、杨衣、杨落与谌芒翻进了那个古旧厂区的幼儿园，六个人跪在炙热的水泥地上玩起了碟仙。全世界都很安静，大家各有所怀，幼儿园里的旋转飞车、摇椅，甚至是滑梯全都凝固不动。孩子们的身影消失，一直到夕阳殆尽，我们才各自回家。我想那应该是我们最难熬的一路，问题与矛盾不断涌现。后来那个场景刻印在我内心挥之不去，和你那细碎阳光下的粲然一笑一样，你说你下午要去看场好好看的电影。

这一切好像病榻上的死前回忆，闪耀着微弱白光，迹象迷离而真实。每个人摆出自己笃诚的面孔，却又仿佛因为他们与你一世的

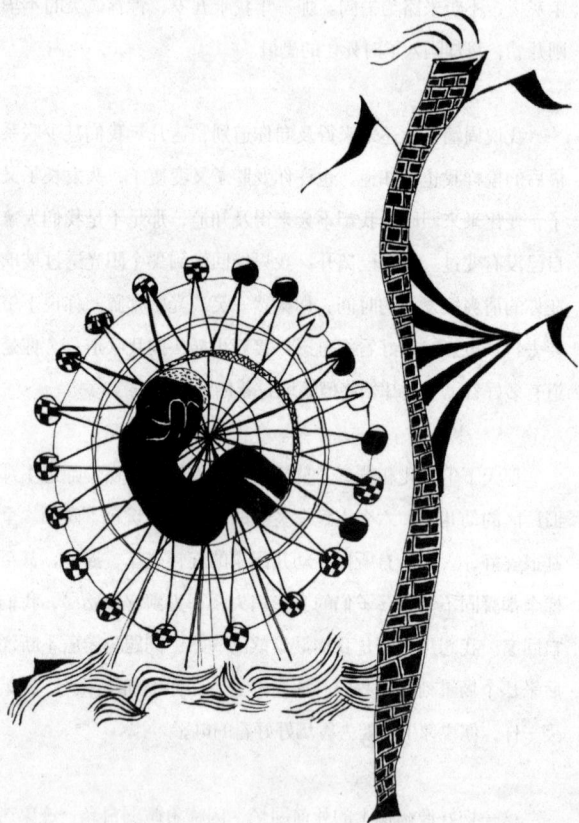

弄城·表面的和平

缘已快耗尽而显得冷漠，十指划过皮肤，冰凉透心，他们与我真切可靠的记忆，就要转身抽离。

苏彦，我会不会死？

苏彦来看我时，我打开门盯着她明亮的眼睛发问，问完我们都笑了。一个二十七岁的成年男子拙劣天真地发问，突然不再惶恐。但瞬间妻子、周嬙的模样又立刻浮现在眼前，她们是不怕的，我们都穿越了悲喜离合的记忆成长，岁月为我们披上了一层又一层温实的外衣，寒冷无法侵入，但我们也无法感知外界的温度。

那一年，大家各自离散，我们最后一次欢聚选择了一个安静却又热情的小镇。小镇祥和陈旧的石板踏上去有些雀跃，想来我们都是未经世事的孩子，面对新鲜，欢欣鼓舞。镇上可口的饭菜一直伴随着我们，直到夜幕来临，残旧的楼阁投入整个阴暗的天空，似乎有些突兀，一个是有容乃大的灰暗，一个是终其不变的檐角。我们就坐在溪水湍流的岸边，看着这些划不破天空的屋檐瓦片，想着流水心事，一直到夜色笼罩我们的周身，谁也看不见谁。

记忆有时闪烁发亮但又悲伤，还未等我沉溺其中，我已经酣眠于睡床上。苏彦为我掖好被子，并备好药水放在床边。我醒时才察觉，在二十七岁的时候还有少年玩伴能无微不至地照顾你，这是莫大的幸福。

我的妻子与我相识在我放学途径的广场。傍晚时分，太阳在雨后最后一次全力地探出。广场清新明亮，夕阳就这么最后地挥洒在宽阔大地，那一次大概是我唯一一次的停留，我仅觉得在这空间里温暖单纯，不必考虑复杂烦琐的课业。我像是在徘徊，告诉自己要走，却又心生不甘。我先看见苏彦，准确地说是她看见我，许久未见，还有些尴尬，此时的韩舍就站在她的身边看我们俩有一搭没一搭地说话。来往穿梭的人流以惯常的表情行走，我却与苏彦以经年的感情一点一点在拉近距离。很久，苏彦才想起身边的韩舍，牵起了她的手告诉我，这是她的好朋友。韩舍是个普通的女孩，普通到见了人之后只会单纯地笑笑，不会大方地介绍与问好，那一天也如此。

　　夜幕四合，月朗星稀，最终这一切都在黑暗里消失。如若我们多年前的离别与现今的再聚。

　　韩舍总是埋怨我对关于如何认识她所说稀少，虽然她不曾表露，但我也深知她每每追问必有这样的意思。其实我害怕告诉她，认识她看起来听起来都是多么的稀松平常，她会失望。关于她不会有最初的瞬间的温暖感觉，她只会佯装着满足一遍一遍将自己掏空。不过这都是记忆，记忆何其美好，也会随着死亡失去灵魂。韩舍，我也未曾问过她，她第一次看见我，是悲？是喜？

当篝火燃起来的时候，大家都站起了身子，凑成圆圈围向火堆。我们再一次像从前翻越围墙般牵起了彼此的双手，大家都在欢笑，都在围着黑暗处唯一实在的光亮喜悦。火光照亮我们的脸，燃烧了最青春的记忆。

这一次在欢腾的人群中，杨衣拉过莫晨的手，细细耳语。杨落将录有"I love you"的录音玩偶塞进了谌芒的怀中，那声音一直在不停地跳跃，被淹没在集体欢喜的人声里。

而我最终回过头去，退出了人群。

在这个面孔莫辨的夜里，我们以最美的契合，心照不宣。

1.

我恍惚回到了很久以前，你在明亮的纸上清晰工整地写下我的名字。黑色墨迹，摇曳生花。还有许多纠缠的曲线，像一只蝴蝶阖翅哭泣。

那个暖暖的午后，你坐在我旁边的座位上睡了一觉。脑袋枕在手臂里，埋藏得不辨面目。我又忽然想起很久以前，我们只隔了一条过道的距离。

2.

我觉得很满足。

从前的满足是在吃过晚饭后，爸爸带着我去散步。闪烁的街灯橙黄明亮，还是以前的老街道，卖西瓜和葡萄的摊贩互相谈笑。摊上竹竿撑着的小灯泡散发着暖暖的黄光，靠近它让人感到简单快乐。爸爸给我买了两本小人书：一本是南华大帝的成仙故事，另一本是阿凡提的故事。两本书我可以看很久，看到下一个星期爸爸再来带我去散步。故事深藏在旧色彩之中，所有的浮光掠去，我仍旧记得我趴在窗子上盼你来的旧时光。

3.

我突然被唤醒在那个漫长安静的黑夜，你们蹲在微弱的白光下暗自偷笑，光圈紧贴你们纯洁的黑色上衣，看不清你们的面孔。我越过无垠寂寥辨识你们的存在。树叶已被风声吹得沙沙作响，摇曳出许多单纯而又复杂的时光，它们倔强着低着头，独自徜徉在街头转角。

你点燃了打火机，弱小的火焰引领着我们，它是黑暗中不灭的微光，好似你们在长河中的无底小船，载我渡过汹涌的湍流，唯有明月照在你们茫然的侧脸，安然流淌。我跟在你们身后，像夜路上被庇护的孩子，是这样缓慢，不动的夜凝结在整个咿呀难鸣的天地，我找寻闪烁的光线，低头默念。

4.

最好的时光。

我终于见到梦中飘逸神秘的美丽。你穿着洁白的连衣裙，裙角飞扬，跨越成片的绿地，寻找我的踪迹。我窥视蓝天，透过窗户，它的蓝染上了我的手指，变成腻人的奶油。有朵很大的白云，笨重得飘不动，很像你的微笑，温暖安定。和煦的日光跃过你迷离的眼神和我搭建的窗户，回落在那些安静的向日葵上，暧昧动人。

整个天地无声无息。只有你，乐此不疲地寻找。

在那个日光眷顾的午后，我们走过山间野径，去见识古老的大桥。我们踩在干涸的稻田上镇定自若，好像心中都怀有一个秘密，像那些金黄的油菜花一样灿烂无瑕。在那个年代，我们去过无数条河流，如今早已忘记了它们的形状与奔波的姿态，但河水仍会记得那些欢笑或者烦恼的身影，无法遗忘。

我们一个接一个踩着排列开来的石头，小心翼翼地过河。河水其实很浅，但幼年的我们不明白，没有光脚浸入水中，等待天黑，让潺潺流水去抚摩脚踝，感受水草缠绕温柔至极的感觉。更没有以水洗面，浸湿稚嫩清新的容颜。不过若时光倒流，我依然会小心地过河，我仍旧会是那个渴望长大的孩子，只会在稀拉的队伍中贪恋地望上一眼，然后遗忘于荒芜的脑海。

我曾经要带你去那个充满幻想的河岸，却中途止步。你怕毒辣的太阳与干渴的世界，你反手盖住自己的额头，挡住了整个去路。你有一双迷途的眼，盛满太多胆怯。当我能远远眺望那座更加苍老的桥时，我们折返前路。那是和上一次阔别很久的行走，不一样的人，不一样的路。我知道这条路没有错，只是你毫无所知。我见你的第一面，你曾在如此灼人的阳光下娇嗔痴笑。还有第二次，你无助哭泣，羸弱伫立，而那一日的阳光，也正如今。

我已经忘记了那一日你为何要留下来，你在黑板上写下歌词，小声吟唱，歌声悦耳。你大概是怀念过去单纯的时光，能够天真的微笑，犹如新月初露。我在很久后才明白歌词的含义，想起了那个夜凉如水的校园。高大的樟树树影摇晃，环形小道曲折漫长，我随手扯下身旁的树叶揉碎丢掉，只有一盏路灯在悄悄注视我们，只有它才看得见我们是笑是哭，是隐忧是惆怅。直到这一路，无声湮没。

δ.

　　我曾经目睹过一场烟火，瞬间燃烧，戛然而止，那是你经过我时最明亮的瞬间。

　　最暗的夜，最亮的光。

6.

我看见的是一场你终能将我追上的夜奔。

在那个晚上远离你的十字路口，你何必要将我寻回。

　　四周的景色有些荒凉，残旧的砖房一路后退，漫天的尘灰游荡
于初冬里光秃秃的树木之间。树干上的白漆覆盖在陈旧的树皮之上
显得有点脏，恰好与渐渐灰暗下来的傍晚天空融为一体。路过的车
辆开始亮起灯来，透过车窗望过去，周遭是一片漆黑，没有声响。
我和小只坐在车座后排，唱起了"当你平躺下来，我便成了河"。
是什么样的景色让我这样难舍，我想起了那个时刻。

7.

人生中会有很多次因为坐在了双层公交的上层比较接近阳光而变得困倦。那时连被围起来走在平地上难以见到的施工地基都可以见到。

路旁的最外侧是排列整齐的树木，树叶开始泛黄，由于并不茂盛，一副稀松的状态。再里面是矮一点的植物，再往里就是很高大的树了，它们被风吹得叶子全都翻了过来，远远看去好像一片银光铺在了树叶上。它们一直向远处延伸过去。最里面是一层护栏，围住了一条河。这几列树木远远没有市区内的树木繁茂，反而因为层次分明一眼就映在心里，让人说不出的舒服。

我们在马路边吃薯片的时候，有些云飘过了我们眼前的那座山，将天遮得阴阴的，像不像一壶酒被带在一个要去学会面对的年轻人身上？他跋山远途，没有过去。

尽管天未蓝，叶未黄，我已经有了人生之中最满意的旅途。

8.

那天晚上做梦，我们在傍晚的河边玩泥沙，氛围像极了日本小说里的夏天。夕阳无处不在，河水波光粼粼，城市高楼的倒影摇摇晃晃，好像沉睡在梦中一样。泥沙很细，这是你一直坚持要带我来这里的原因。我坐在河滩上，拿出DVD机来看碟，看的正是我最爱的那部《酒是故乡醇》。

那个晚上我好像回到了弄城五月的早晨，树叶蒙尘，却透着只有在早上才有的清亮。我一个人在房间里看电影，累了的时候就睡下去。那时有等待，如今是失去等待。生活总是活生生地教我该如何选择，让我将怅然的感情一遍又一遍地演绎着。你知道的，我正是太想，所以才不动。我有能力正视自己最深处的情感，但是我无法回答你。

有水浇洒过的夏天，湿漉漉的，它像一面镜了一样放在我的面前。各种各样的声音仿佛会慢慢地被楼房上人们的眼神吸收掉，只剩下空气，很轻，轻得周围的尘埃都在飞。我看得见影子的存在，有些被树荫遮盖着，有一些就在身上，和我躺下去的时候看到的一样。

　　她闯入森林里的时候我睡着了，只有一些细碎的声音，是风踩过树叶的声音，我躺在床上，声音伴随着明亮清凉的阳光传过来。有水，声音里一定有水，好像是之前看到的水。
　　我有些明白，我为何会如此迷恋那时的光影。一丝一丝地被白炽灯光所割裂，有声音在温润。

9.

那一天，加油站的厕所没有灯，你害怕一个人上厕所，便要我守在门口为你唱歌。我唱的是《第一天》，我生性慵懒，不太喜欢唱快歌，临时又不记得其他歌词，这首《第一天》在缺乏伴奏的情况下，飘进了黑暗的厕所。这件事我一直到最近才想起，会想起这件事，是因为晚上一个人走楼梯觉得沉重而清醒，本是无光而黯淡，却因心情而清明。今天是这样，那一天也是因为这样。《黑择明》里有一句"叫最暗黑的戏院发出光"或许也是这样，陈旧的默片时代，只有我的心情和你的眼睛在寻找那介于黑与白之间的明亮。后来我知道，那一晚我们驱车不是想要去更远的地方，而是寻找一个个已经丢失的影子。

10.

　　若城的夏天真的很短，短得就像每段短暂的恋爱一样，给人留下许多盲点。雷雨过后，城市的水汽释放缓慢，每个人的面孔上都写着新鲜，还有孤独。昨日搬家，很晚才结束，从小区里走出来，水洼正好映着银行的日光灯，明亮得入世。这个场景，我从前也见到过。大学住过的房子对面就是一家银行，那里整个夜晚都发着白光，它和红绿灯成了我最好的陪伴物，与光恋爱，拥有世间所有。

　　选择的人永不后悔，理智的人只是打不败时间。我曾见过《寒舍》的现实演绎，我也认识"恋爱家"，经历过"曾受伤变害怕"，在冬季看到满地的雪花时也会想起这首歌。我仍记得那日走出地铁后看见生了锈的月亮，衬得天空深蓝侵染。

我不太记得那是哪一个夜晚，不会流动的夜晚。我在送走你之后，站在雨夜里的白炽灯光下吃了许多东西，烤鱿鱼、烤肠、烤肉串，混着一滴一滴的雨水往嘴里送。雨把天空拉低了一层，马路上车来车往，只有我头上的灯光和车站灯牌亮着光，离开不过是最平常的事，却照样使人害怕。那天的雨下了一整夜，情形就好像那首《绵绵》，无人聊天，我就看了一夜的雨，从树叶到路面，由绿到黄，好像去到泥土的世界，眼里看到的便是一切。虽然不太记得，但这些细节我仍旧能够感受到，兴许有一日我翻开当天的日记，会将离别当作一场雨。

　　那是立秋后的第三场雨，谁会料到几年后的将来。我的自信不过是因为你乐天的性格，你将好事坏事都交托与我，我则仿佛在受折磨又仿佛在享受。到后来我才懂得这是真正的互相消磨，那些椅子上、电脑中、水杯里发出的自然的奇怪声响，是最明显的见证。每一个雨夜我都听得见他们在消逝，而你我也变得很难感动。
　　我还是像以前一样，遇到下雨就想拖着鞋出去散步，而你那边的遥远世界呢，是不是把这当个笑话？

11.

　　夏夜的风是用来纪念青春的吗？我的青春流逝在了哪儿？登高？将黑的傍晚？没有目的的第二天？又或者是乘车去到远方，去看那些没有看过的风景？我的脚累了，心里面还残留着仿佛和那年相似的不舍。匆匆而过的列车上，十点钟的太阳映在车窗上，你的影子飞闪到两年前的课堂，夜色、木头的气味，混在一起，一眨眼就过去。它们好像度过了万万千千个时空。我没有看见星星熄灭，但我看见了朗朗青空下忧虑的少年流着转瞬即逝的泪水。

　　我有时只能看见我们一起走过的路程，我们伴着夏夜的风，连头都不愿抬起。拾掇过悲伤后开始盲目地走着，想着暗淡的去路。我等你等到睡着，又接着醒来，才惊觉，世界上原来没有两个你，那些最"合适"的，永恒地停留在过去的某个夜晚了。我站在大宇宙下的小世界里，一所不知名的楼房的三楼，看着收藏在鞋盒里的电线，陪你说说笑话，渐渐地流失于时空。

12.

许多沉默的过往，渐渐变成了我们梦境一般的过去。那些在我们口中翻来覆去念叨的事迹，到了我们也记忆模糊的那一天，说不定会让我们明白，无论我们拥有什么，都敌不过回忆起来的不懊悔。一晃六年过去，那些记忆留存于此，屡次提醒自己清醒如梦的昨天。

身边有两对情侣分手了，在过往的时空里，他们曾经相识相爱。我有幸感受过当中的喜悦与痛苦，青春的我们依然在爱情中挣扎，学习爱情的经验。我有的时候满是羡慕，有的时候又倍感难过，在这两段亲眼细见的爱情里，《那些年》里沈佳宜有一句话，她说人生有很多事情本来就是徒劳无功的，那句话成了那段爱情的谶言。因为这句话，我将这部电影看了三遍，它提供了帮助我们忘却难过的时光的勇气，哪怕是我们独自一人躺在床上想起的那些弥漫在天花板上的闪烁的过去，放下一点点的不甘心，换取一点点的勇敢。

两对变成了四个人，然后四个人分别走了三四年，各自又受了伤。如果倒带人生的话，是否难亲不密。这个当下，更提醒自己抉择，他人的关口，他人的想法，最重要的是他人的痛苦。那个容易被我们忽视的源自爱的痛苦，转化成了许多我和其他人会见到的东西。

我还记得Sam生日的那个夜晚，我们也拥有各自的难过，那样的难过不难度过，几个人在一起消磨时间。我时常想起那个消沉的夜晚，如果那不是末日的欢聚，仍尚有激励。那些热爱与盼望都消逝的时候，无论是江边的你还是玻璃门前的我，都平静度过。

是的，如果没有成为记忆，也许什么都会变。

微　凉

-- 失落

苏麦贞：

　　这个被大雨困住了的时刻，我反反复复想起了你许多次。

　　我在窗前看雨里的世界的时候，有很多人都在等雨停，三五成群，想走的不想走的，都有自己的事情。窗外有一个大凉棚，大概是夏天在外营业的夜宵摊。我看得见的一共有五张桌子，每一桌都坐满人，应该都是为了等雨停。人最多的那一桌是比我们要小一些的大学生，不过他们并没有年轻人的热闹，一个在听MP3，一个在摆弄相机，一个不停地按着手机，余下两个人只是看着眼前的书。大家没有言语，我忽然觉得安静得有些像我们从前的生活。剩下的几桌要更安静，几乎都是陌生人为了等雨停而坐在一起，均是满怀心事的姿态。雨这个时候就一直不断地在他们的身边下着，一会儿大一会儿小。我看着看着，觉得想要做一件事，这件事就是给你写一封信。你看信的时候一定不要皱眉，心里怨我很久都没有给你写信。

上个月的某一天我失恋了，我躺在天桥底下醒醒睡睡，郁闷得像一个路边的流浪人。这一夜的风怎么都刮不进我的体内，蜗居在眼内的泪水也不愿意挣扎流出。我每望一次红绿灯都想走过去。我终于觉得你是这个世上最勇敢的女生了，我想起苏文森离开你的那一日，你在雨中给他写信的情景，清冷细雨将你的头发一层一层渲染到湿润，淌下的水珠落在你手上那叠早已湿软的信纸之上，笔墨都化为模糊。我说你不要这么小女生，你唱起了那首《勇气》，唱得我们自己都哈哈大笑。

比起你来，我真的很不堪一击。

我很抱歉从来没有和你说这些事情的开始就告诉了你结束。

我在这座城市生活得也不错，朝九晚五的工作，没有固定的朋友，电脑里有看不完的电视剧。现在失去了心爱的人，终于让我觉得享受到了生命中的安静时刻。

偶尔我会去看一场夜场电影，电影院里只有我和不远处两三对热恋的情侣。有时也真的会碰上认真看戏的一对，他们什么话都不说。前一天我就去看了一部讲失去的鬼片，这部片子里有一场长达三分钟的鬼哭长镜头，是一个女鬼在夜雾中默默地流下眼泪，镜头在之后摇过长街上的百态的人群，有摆夜摊的老伯在听收音机，收音机的声音信号似乎不太好，夹杂着一些像哭声的电波。有刚从24小时便利店出来的情侣，他们一直在吵架，最后女孩背过身去，男孩拉住她的手说你别哭了。巡夜的警察这时走了过来，瞥了瞥这对情侣后笑了笑，青春帅气的他从口袋里掏出一瓶眼药水，眼药水滴在自己的眼睛里，稍后半秒，那滴眼药水又从眼眶内流了出来。警察将眼药水放进口袋走出七步后，眼药水瓶掉了出来，沿着路边滚到了对街的一个妓女的脚边。妓女一直打量着警察，俯身捡起眼药水时还有一丝春光乍泄，她拿着眼药水，带着浓重的黑眼圈向对街透望过去，似乎看见了那个一直在细细啜泣的女鬼。女鬼终于忍不住，声音加大了数倍。只是每个人都还在做他们的事，雾气混着摊贩的烧烤烟气和妓女的廉价烟丝的清烟快要凝固起来。女鬼满脸的泪水，却因为她不是个凡人，眼泪连风都吹不走。

那一晚刮了很大的风，我走在路口，总是想起我们最爱看的那套《幽灵人间》。风刮过耳旁，有无数的话语拥挤进来，我听不清什么，心里回荡着许久未有的失落。风将一个白色塑料袋刮起来，一直绕着我的周身打转，我走到哪儿它跟到哪儿。我望着这条路上一地散落的肮脏的宣传单，看见了自己离开的那一程。

我住在一栋灰色大楼里的26层，你记不记得我从前和你说过的梦想，只是想住得高一点，让世界静一点。住进去之后才发现还有更吸引我的事情，就是夜深人静时那一个人的电梯间。遇到这个时候我都会在电梯里小声地叫着死去的她的名字，太过封闭的电梯间只有我一个人才知道我在叫着她，在世界上我有存在的价值的时候差不多就是这一刻。

如果你想离开弄城的话，你可以来我这里住，我觉得你会喜欢这里的阳光，不太耀眼，不太炽热，在最靠近你的距离。这是弄城许久才能见到的景象。

而且早晨会醒来的特别早，你可以在窗前看看书，有兴致的话唱唱歌，反正这个城市的人都不认识我们。

我最近做梦时梦见过苏文森，不过没梦过他的其他女人，他已经变成中年人的样子，你知不知道中年的杀手会是什么样，我不知道。很多时候如果他不说，我们都不知道。三十年来弄城最大的谜团早已见报，更不用我们去评论什么了。我只是想说苏麦贞，正是我们生命中有了这样的人，才能让我们不停地思考，不停地向前，不停地被迫选择，不停地走向需要面对的荒野。

我很希望你的生活，至少如我。

其实刚刚下过一阵雨，我因为给你写信而没有离开。我想你在那时一定在看电视剧，而且还是很冗长的韩剧中的谈情说爱情节。你全情投入不知道外面发生了什么，你的朋友发生了什么，在另一个城市的人发生了什么。是的，我们这样度过很多年了，或许你现在已经不爱看那样的温柔情节了。

其实在26层上看楼底的行人会有不同的感觉的，即使知道不会相遇，也会安静地看一看，在有玻璃阻挡的世界，茫茫陌生。我看见阳光直泄马路，公车载着生命不舍昼夜，没有表情。这一切都应该像是一首美妙的歌。

耳边的旋律总是在我的眼前勾勒出山峦叠嶂的景象，像作画一样浓墨泼下来的时候感觉有浸入骨子里的寒冷，我再也回不去我应该生存的那座城市，那一座我可能很久之前就想看见它受到痛创的城市。再也没有属于我的自由天地，尘埃侵袭着路旁的残枝败叶，呼吸都充满了油脂的味道。

是的，当我离开之后，我们再也没有说过一句话。

现在已经是九月二十五日，那一天我站在窗前等了三个小时有余。雨水的歌声回荡在整个寂寥的空房间，脚步声稀少到已经掩盖在雨声之下，我在想我应该在哪一个邮局给你寄出这封信。后来有个人撞了我一下，当我回过头去只看见一个影子，她递给我一把雨伞，我拿着伞一下说不出话来。

那一刻我再一次想到了我们的过去。

弄城 · 微凉

苏守 ....

1.

　　我最近又想起了几件大事，连拍电影都难以回避的时代背景，好像也没有什么值得记下，只是想起来时丰盛有趣。那场面是大大的盘子里有汤有菜，一盘一盘摆在茶几上，然后我们坐在沙发上看电视，我好像一直坐着沙发，他们坐小凳子在对面，我们很开心地聊天，还一起看电视，吃很多很多的饭，乐不思蜀。那平常的回忆就像云烟，想不起来时无声无息，想起来时又触摸不到。

　　那好像是90年代，睡梦中我听见纱窗门的声响，后来睡觉到自然醒，天气好像热又像不热，温度在记忆里丧失。有的时候走出去买菜，看着一条赤裸裸的大街才知道是夏天，那树叶遮着公交车的去路，一层一层蔓延到天空。路上有人将自行车推着走，路边有不小的菜市，再一抬头才是大大的太阳。那阳光好大，照射在马路上，人们都在等待雨天。没有多少个雨天，也没有多少个云海，甚至没有夜晚，但那就是全部的生活啊。有人摇着扇子下楼，我在石凳上看星星，阿木跑了一圈后蹲在我的身边。它不懂星星，它也许知道围着世界跑一圈，还是有人会在那个位置，然后大家再跑一圈。那是夜晚会发生的事情，有的人知道，有的人在乎，有的人假装错过。那个石凳也在90年代，一切都在提醒着我是温暖的记忆，我跟随记忆上楼，打开门，听见声音，又睡下，我想又重新开始了吧。

是的，让他像云烟，切莫靠近。

2.

当我坐在电脑前吃牛板筋的时候，开始意识到遗失电话是一件多么令人难过的事情。上一次也是这样，我一个人在火车上看平原，享受安静甚至是平静的时刻，那感觉让我怀疑自己像要凝固，什么都是放下心来的，有欲无欲只有一根线牵着。那一眼望过去只有几棵树的平原我至今都还记得，后来我想象它入夜的模样，心境开阔，群山被移到眼外，进入隧道，这是难过的演变，称之为悲。

我很晚才意识到，有些事情会没有理由地存在，万千条线牵连着就等同于没有线，捆绑着一个人便是困住一个人，被捆绑的人会慢慢失落，看着自己绝望。

前天的晚上八点，我吃过晚饭听着音乐在棚外散步，月亮和高高的屋顶被广阔无垠的深蓝天空挤压到一边，那与蓝黑天空平行的月光，像极了当年的我们。灯光比月光更集中，屋里的鱼游在惨淡的水中，我们坐在冰凉的石凳上，已经无法被还原当时所需要的要求。这一晚的月光与当年极其相似，我想我应该一生无欲地赤条条来去，为了爱你而将爱放下，在最无敌的时候妥协，因为天地属于你时也不属于你。我又听到那首《与你共枕》，岁月替我在它的身上注下许多被伤害的色彩，或是在妄想里。

　　我想起来是这样的夜晚塑成了我们的默契，我看着你像个孩子似的对我说"好冷好冷，你为什么不冷"，之后你孤独地上路，将一道道墙壁刻在记忆深海，阻挡来去的风。我送你一程，换来些许沉默，那是我一生中数次怀念的时刻，用无声换取安宁。后来我一个人度过了数之不尽的这样的夜晚，仍然怀念当天的那个夜晚。许多事情并不因数量少而变得弥足珍贵，我庆幸自己好像泥路上的微尘一般能够重复经历那样的夜晚，这是用万千数目的重复堆积起来的通道，那么多人生版本中，重复让人最幸福。

　　我记得许多年前，那个尚是唯一的夜晚，萤火虫散着微光，感觉水沟里会有鱼虾，踩着月光走路，没有从前，没有过去，也没想过后来，黑暗途中曾与你有过一段回忆。

3.

　　今晚的天空中月亮不见了，我坐在床上往窗外望去，夜空仿佛是一张磨砂的黑纸，极远处的深蓝在眼里不安分地刺激着我的神经。冬天的夜，未知明日的天气，那些任何能被凝固的心情或是空气，都暂缓到来吧。

　　我在做一件自己也不知道是不是在放弃的事情，脑袋里无数次地想起幼年时对世界的记忆，把结果放在心里，度过那么多风雪连城的日子，我仍旧不能算得上潇洒。我想和"变化"说再见，只是一个人，无关乎面对的勇气，我想将心放下，与人和平地交谈，当然，和许多事情一样，总是变得一厢情愿。

　　那些遥远的距离会化成灰烬，在夜里的路灯下毫不起眼，人字拖踏过它们时，有一些会被风扬起，它们随着我来到此地，好远又好近。有的时候，我觉得自己的生命就好像这些假想中的燃烧后的灰烬，无风不动时，却又在挣扎，并没有那么畅快。大我们亿万倍的世界包含着小小空间与少少的时间，我在其中有机会见到所喜欢的，看它有幸变幻成光影。

当我走在岔路口，毫不犹豫地选择了错的方向，面对结果仍然不会后悔。其实我很明白，我爱的世界太小，黑夜里的脚步走过的全都是你的路程，我在那一晚停留在原地望着如指甲般大的月亮发呆，陪伴我的只有窗帘与那些慢慢熄灭的灯火与星光。

4.

我想去明白，是不是失败对于人生来说真的有那么重要。如果是的话，就让我度过一个不重要的人生吧。

我等你过来，想象你没有变化的样子，不变真是这个世界最好的礼物，当我已经遗失了热情却仍能留心的时候，能够面对不变，已经觉得幸福。什么都不会变，你的发型，你笑起来会变得细长的嘴唇，你嵌进空气里的声音，还有你拥抱的力度。

我想着这些，在商场里转着圈，店面好像镜头里被缩短了焦距的画面，向我挤压过来。我希望能够看见你同时凝望着人生，也许我的梦想就这样一步一步地走向幻灭了吧。

爱还是不爱的问题，我也会问，我也想问，我自己也回答了。思绪停留在这上面再除去失落的时间，就是虚耗，虚耗着就能看见你。

二十七岁？惊觉时间为何会停留在去年。那是我再一次在生命的旅途上遇到你，熟悉，亲切，那是一种像活在舒服的空气里的感受。我想认真地去喜欢你，不知不觉已经过了一年。

　　我与你走在街上的时候，才觉得自己回到了青春的时候，夜色纯粹而安静。我不知道你是怎么想的，但我在这一刻也觉得不需要知道，我觉得自己可以为了真实而放弃真实。

　　路途上的我们是否是这个星球上闪烁的生命呢？我愿意爱你，看着你闪闪发亮。

　　车门关闭上，好像再一次行驶去了亘古的空间，无法探知爱与被爱，只剩茫茫的一片黑暗。

　　在黑暗里，我依然坐在你的身旁看着你，是沉静，是夜光中飘荡着的轻浮的波纹。波纹会映着光辉慢慢地扩散到那些在我的前路上更远的地方的建筑和植物上，柔柔的轮廓好不孤独。在这个时空的渡口上，有长长的一条仿佛没有尽头的路，一切都要被忘记。什么又是被忘记？是我们回不了头地朝前走时，发现了记忆的伤疤，是抱有幻想时又产生了疑虑，我只好就这样接受失去。

　　不知道是第多少个夜里的十一点，从地铁上下来，经过这片小小的商区，已经一个人影也没有。有一些店面的招牌还会亮着灯，和那些不亮灯的店面错落有致，但终究都会给人一种"我已经离开了"的感觉。那些喧闹时在这里的老板、顾客，午间坐在长凳上休息的职员，来去匆匆的健身达人们，一晃神全都不在了，他们去过自己的人生了，而曾经的这里，被昏黄的灯光照射，拉出长长的建筑的影子。

我再一次见到了你，你的头发已经变长了一点，长出来的部分似乎更加柔软。其实我也可以删除这些没有用的记忆和感觉，但是我坐在你的对面，又可以再一次地喜欢上你。我迷失在你的声音里，满眼是声线与光线交缠的场景，被过滤的信息潇潇洒洒地走进心里，也不用顾及我的感受，我静静地望着，我们竟这样道别。

我的一生中曾照耀我的这些光线呀，只是当年我路过小巷里的一盏孤灯，我看见我长长的影子，觉得有一点孤独，然而我没有怕，半是黑暗的巷道走出去又可以忘掉孤独，那一刻我以为自己走得很快，一直到今天，还不知道自己会慢了所有脚步。

我和你站在地铁上，我看见你拿出耳机戴在右耳，一边听歌，一边和我说话。这个举止让我分心，我有点不知道你到底是想要说话，还是听歌，但刹那间你将另一只耳机伸过来，给我一起听。其实我戴上耳机后，靠近你的那只耳朵就被音乐封死了，完全听不清楚你在说着什么，但这个细小的瞬间，让我想起了那一年我们的见面，你擦着桌上的水珠，带来微微的温暖。

失去原则，是我妥协于爱的方式，好像生命可以被别人操纵一样，充实而新奇。我们的分别是尴尬的，我不愿意就这样走下楼梯，你也不好意思说出来，彼此笑着，都很难讲出第一个再见，连挥手告别都不知道在什么方向。深蓝的夜，灰蓝的天，会带回你去他人的旅途，而我在人世洪流中，看着陌生的表情，再一次醒来。

你的脸庞就好像瘦的山，幽幽的荧光打在上面的时候，棱角分明，我与你离得很近，那些停留在咫尺之间的尘埃，也仿佛如云雾一样，让我们似乎潜在海底，一点点的光都被浮游之物萦绕着。我已无法开口说话。

我们最终都会像开走的计程车一样，闪亮的灯火蹒跚而过，我回望暗处而昏昏欲睡，在窗外，你的脸只剩下轮廓，自己就像没有终点的线条，打上结就可以隐藏，在暗灰的天空下，已经失去得没有来源。

谁把青春置之度外，又用爱去换来伤害？

5.

很难开头，也很难开口。

以前我看过很多作家写雨幕，写水里的鱼，写打伞经过长街，连起来就是浑然一体的有些倦态的生命。那时我不懂，嗅不到气息，直到那天我也打着伞在火化场里的时候才渐渐明白，生活总是会带着拒绝到来，然后影响我们彼此。那天下雨，我一个人跑出去看雨，打车绕了一圈，正好遇上堵车，在车上睡了半个钟头。车窗上的雨滴令我想起了那次我们打伞经过的森淡路，雨水飘摇，许许多多的鱼都正好流进了下水道，路边的浅色栏杆成了最有利的支撑。

今天和C说起大学的事，那时候一念之间的发梦，居然也去身体力行了。我还记得我躺在草地上，听P高谈阔论，天一点一点黑下来，然后顶着灯光回家，回家路上被风吹着的影子黑暗阴冷，它替身子发着抖，我看得见，它不愿落下每一步。林原结婚了，当初我们五个人也预想到她最先结婚，我们兜兜转转只为活出不一样的人生，她已经一步一步实现了自己的人生目标。她不曾与我们发梦，她连看《断背山》那样浪漫的影片都会发笑。我时常会拿出我们那年去林原家的合照看看，我们喝了很多酒来纪念。

我今天终于明白什么叫"没有途中的灰尘"。

重回布拉格

想象

他在其他人的热闹氛围之中，抬头看见了一室的空气，凝固在安静的灯光之下，到了这一秒，他才觉得这是自己。

他推开门的时候，听见了他的歌声，歌声里有夜晚的麦田和安静的滑翔机，他忍不住想，他竟然能唱出像一幅画那样的世界。这歌声在他的眼睛里停留了数秒，掠过所有想要忘记的心事，然后被他的一睁眼全部埋藏在心底。他一直都觉得自己能看见清醒的过去，他不合群，他的朋友有说不完的悄悄话，久而久之，他觉得自己能听到的声音越来越少，少到只剩下最后这一首歌。

他感觉到他的烟灰掉落在了他的手臂上，他低着头，看着那一小撮灰烬，慢慢地溢出眼泪。宁静的世界里烟丝一缕一缕地从眼前飘过，熏湿了停留在脸上的泪水。他第一次觉得他的世界里没有他。

他醒过来后，发觉灯已经全都熄灭，剩余几声轻微的谈话，他努力想听在说些什么但没有成功，他看见不远处白得令人恐惧的电线杆，想起了第一个关于他的梦。

他和他并排走着的时候是觉得安静的。深秋的落叶静谧地躺在地上，埋葬自己的故事，重新生出复杂的生命，他觉得他的世界被拉慢了两倍的速度，让他重新直抵他的内心。再也不会有被路灯拉长的身影，明明能够前行却不敢迈开脚步。人生是否有一刻是勇敢的。

他看见他瘫坐在马路的中央，左手玩着石子，右手拿着一瓶矿泉水，眼神从他的身上转过，透露出一丝陌生的无奈。他觉得这眼神像冰，冰得让人想离开。此时的他又听到了那样的歌声，他在世界唯一的声响。车灯、路灯、红绿灯大概都只是他梦中低落的节奏。

但这是一个人和另一个人的记忆，并不属于残破的暗灰天色。

他后来在车厢的中间学着他的样子燃起了一根烟，有微风拂过，令眼前所见的全都是飘浮在空气中的烟灰。细小的灰烬若也能算作时间的生命，但愿它与麦田做同样的一个梦，梦见他从来没有奔跑过。

他走在雨中的时候，觉得回到了多年前的世界，这些年来他奔波的人生只是为了安定，为了能路过天桥时不再有我想要离开的感觉，为了那些无法掌握的人和事都躺在他漆黑的梦里，为了退出每一个人的生命。

后来他的耳朵里不再有声音，他所记得的只有他在白炽灯光之下的一点表情，他看着，不发出一丝声响。

那一个夜晚，苏守乘坐的开往海边的列车曾经途经弄城，他做了许许多多的梦，拥有一次又一次清醒，平原之上，苏守有一丝想要下车的冲动，他看见了站台上孤身一人的男人，便决定再也不回头。他看着车窗，看见自己的影子重叠着外面的白炽灯光，感觉到自己的心跳，他觉得梦里那个个男人，是自己。

只因他们的人生中唯一的面对是逃避。

1.

天黑蒙蒙的，像孩童时的夏天，吃过晚饭后迎接夜晚到来时的
天色，有树的影子，有房子的影子，不知道为什么没有灯的影子。
我路过你窗前的时候，那里挤满了人，感觉是在19世纪末的英国街
头，很多人在等待福尔摩斯的到来，看不见他们表情，没有人知道
他已经来过了，就像没有人知道我刚才慢慢经过你的时候窒息了一
样。

当你无意走近窗台的时候，我开始害怕这一场相遇，将面目埋
没在人群和黑暗里，静悄悄地路过了你。那一霎，你微微仰着头，
一副想事情的样子。我瞥见你的影子一闪而过，速度快得让人追赶
不上。一切又回归黑蒙蒙。

我想起来了，曾经有一个这样的下雨天，也是有很多人，阴霾加上黑夜，反而好像有雨折射出一层一层的光亮。我打着伞，经过和现在同样的路线，正是这一日的影子似乎叠加到了今日，使我觉得有许多人，能够让我躲进人群里。

　　在这个世间，我仿佛只有一个目的，便是看一眼后离开你。

2.

　　我坐下来的时候，以为回到了三年前，浑身像洗了个热水澡一样，浑然不觉换了一个身份，心跳得厉害。我曾用错觉包裹着你，在黑夜的微弱白光下，你的眉闪闪发亮，今天我看见了同样的。它像电击，像浪花，将我换掉了一颗心。我想问这是过去还是现在，却不知道我们都去向了哪里。

　　我前几天拔掉了一颗牙，人的一生就会像这样，既意想不到，也不会再有。

3.

　　所有得到的，最后也许都只是那雨夜里的一池水。它出现在本不该出现的归路上，我两三步绕过了它，水面上是不同深浅的水灰色，还有几滴雨落在上面，形成小小的波纹。那些远处被路灯照亮的湿漉漉的地面，闪着微黄的光，仿佛长长的夜没有尽头，我伴着它们孤独地走着，时间似乎被拉长，它和多年以前的那个雨夜并无两样。我看见你柔婉的字迹印在昏黄的路灯上，很高很高，越来越模糊，你的影子也慢慢变宽。不管还是不是多年前的那个你，在这个雨夜里，我依然能够看见从前的你和现在的你。多少个清醒又沉重的夜晚里，那雨水浇在身上，教我重复地想起你。

　　我的心中有四季的风景，想着你的样子，也可以度过一年又一年。

在地铁上，经过空调的寒冷空气包围着的白色灯光，比眼光还要亮。我看着脑海中一行又一行的文字，文字变成图像，又变成窗外天地之间的景色，绿绿黄黄的平原，一棵又一棵不知疲倦地跑过的孤独的树，忽然转变的阴天，远山映在你蓝色的明亮面孔上，天明天暗，浑然不知时间的流逝。闭上眼，我听见你轻轻地走过我的身旁，那是一种等待的步伐，好像许多年后我会跟着经过。睁开眼，是平静的河流，水静止着，一点一点不动，快要见到倒影，那是十六岁的太阳，原来它可以照耀到这样的远。我好像被封闭在那样的一段时空里，没有世界比这个世界更大。

浮尘里的道路上偶尔驶过一辆车，车灯映着石榴红的天色，然后雷声响了起来，树叶被风吹得沙沙作响。那声响与每一个夜里我站在窗子边听到的没有区别，"唰——唰——"许多恐惧和失去就这样消失了。那些坐落在一楼的人家有些是开着灯的，远远望去还能透过窗户瞄到一些暖黄的灯光，那一刻就似乎活在了文学作品里，空调也在响，雷声消失后，它的声音逐渐变大，我寻找到一栋旧的建筑，石灰色的墙壁显得格外安静。

我看着这些，不过是意识到"我又失去了"和"我还是失去了"。

4.

你在楼下望着我，目送我离去。整个世界好像有人做过的易逝的梦，叫我推门进去，那门后有另一番天地。当我回头时我知道我们又就此告别了，你那毫无不在乎的诚心，还会令我们在流光中相遇吗？阳光明亮得要爆炸，我们已不知去到了哪个时代。为何我们在时空之间穿梭自如，相隔千里的遥远身体，醒在透明的清晨，在睁开眼的陌生世界里，寻找安慰的马路边，遇上你都不会再下沉。

我记得那一晚见过你之后，就觉得你是这个世上我认识最久的陌生人。藏青色的天空有一双巨大的翅膀覆盖着，它缓缓地扫过城市里你我的双眼，直到我们忘记了当年的旅途。那个时候我每一天都会陪你走到很远的车站坐车，回家的路上弥漫的沙尘，一道道地刷在身上，等我自己走回家时，天已经黑了。我常常感叹时间过得好快，将我独自留到这样晚。这些，也差不多快被那双无形的翅膀扇动得忘记了。

　　直到昨天，我和你见面，然后送你上车，我站在站台，你上车后隔着车窗与我招手，我才想起来，原来我们也是从这来路走来。那些年里，我被迫迅速地学习如何坦然，一学就是四年。我在小小的城市里，也明白，在人心的世界里，人可以活得这样的自由而又无处安放。那些往事就要被埋没的时候，又总是被一点一点地记起。

　　二十几岁的我们似乎已经不再年轻。我看见你和他一直走到了现在，而我因着这些那些放不下的小事，也走到了现在。天空中的无形翅膀已经不知道飞去了哪里，但我已经习惯那夜空之中还有着一双手，偶尔抚摸过我的头顶，教我遗忘那些快要被想起的事。

5.

没有变，也不算远离，空气被掺和进了清楚而稳定的光。

我还在夜里走着的时候，只剩下半边路灯，这半边的灯光陆陆续续地将叶子照亮，还有偶尔出现的电线杆。车停在另半边，也是很整齐，好像自己的存在能代替缺少的路灯。也许它们不仅没有光亮，也没有停滞的虚无。原来这客观就是虚无，我打破生活的沉寂，被那油一样的灯光吸引，依然走在这里，又或者车水马龙的白天。

6.

昨晚走回家的时候，天下着细雨，路面还没有湿透，望着路面好像可以闻到树叶的味道。也许是太累，自己都不知道为什么会瞬间想起重阳。胡彩蓝写"重阳是死人的佳节，清静的白骨在泥土下伸个懒腰，哎哟，谁人扰我清梦。"路啊茫茫地走，原来那一点点的黑暗和一点点的雨水也许就会令你放弃，原来这也就是暗夜中的绿光，谁能看得见啊。

我仿佛还能看见你注视那一点点的光，什么到你那里都有凝固的生命力，如同坐在课桌前，有阳光就什么都不用愁。但是秋天一到，这赋予力量的所有就要被秋雨划断，我的生命变成诗句，节点都有呼吸，连结也不无奥义，只是耗尽了气力，暗哑仍不知所止。

那光会遮住你的眼睛和一半的嘴唇，黑暗中衬出的阴影无力又没有耐性。靠近墙面的歌声、画在天边的涂鸦、被风吹散而至的冬天都会在这一时刻到来，如同薄薄的、无光的纸片。

遥远的远方，总是会因为某些缘故而下起雨，下雨的秋夜，凉意盖过将要行过的马路，但愿我独自走在街上的时候，是我能被想起的时候。

落花流水

凌晨三点，竹叶湖边静得连黄叶坠落的声音都叫人毛骨悚然。这个时候姜植耀恰好经过，他看见猎户座变得巨大起来，猎人腰身上的三颗星星黯淡得让人心灰。这里的夜空已经几个月即使布满星云也没有生机了。有一只猫从苏沿脚下经过，真的是太过安静，连它的脚步声都听得一清二楚，一下、两下，步步迟疑，他想，这只猫一定没有见过死人，弱小的生命没有感受一眨眼就失去的权利，是一件让人欣慰的事情。

姜植耀和苏沿是隔着一段距离的，中间似是隔着许多不曾见过的人群，有些奇怪。姜植耀想起他昨晚做过的一个梦，他梦见一个软绵绵的自己在哭泣，还有一个自己坐在黑漆漆的房间里，打完了游戏看完了电视剧，一切都很安静。好像会知道人的生命是怎样开始的一样，他在梦里回头望的时候才明白，那梦里的他好想回到那个时候。你为什么要走，一直到现在他也没有弄明白。梦里的他下了车，他连望着前路的勇气都没有，要闭着眼走过去，原来大家的目的地不一样了。梦里的那天过后，他的耳朵听不见了。他起床面对镜子，用手扯了扯自己的耳朵，和你道别之后就什么也听不见了，他喃喃自语，感受到自己的声音震动着心脏，醒了过来。不过当他回过神来的时候，苏沿已经与他擦身而过了，姜植耀只是回头望着她远去的背影，叹息了一声，他看着发灰的天空，风在这个时候趁机灌进了他的身体，他低着头重新回到了梦里。

姜植耀在浴室里看见卡在手表里的发丝，多得就好像刚刚从沐浴露里进出的小泡泡，它们粘在自己的肌肤上，有点想要嵌入肉里的欲望。

苏沿在进电梯之前，看了看旁边的楼道，7楼的灯是亮着的，当她回转身等候电梯数一个一个跳跃的时候，觉得楼道里有了声响，应该是有人这么晚还在使用楼梯。苏沿紧了紧大衣，快步走进刚刚开门的电梯里，就在电梯关门的那一刹，苏沿见到一个男人从楼道转身出来，他拿着一封信，信的一角滴下了几滴红色的液体。

姜植耀听见与他并行的一段声音，躲藏在很高很远的后山之中，这个声音一直在呼喊着他的名字。他似乎有了一点感觉，感觉有一只影子一直在看着他奔跑，有一张模糊的脸，那张脸在笑，笑他内心所惧怕的离开。他站在十字路口，他不明白为什么夜里还有洒水车经过的痕迹，湿漉漉的带有一点腥味，有两三个妇女在路口说着悄悄话，眼神时不时地瞟向姜植耀。姜植耀被这种陌生的气息压迫着，他回了回头，发现一个傻子也紧盯着他，傻子向他笑笑，说："姐姐走了，走了很久了。"

姜植耀在觉得有人跟随自己的那个楼梯间回头三次以后，就一直被这样一种奇怪的氛围笼罩着。楼梯间因为常年不透风，气温高得有些灼人，让人怀疑物业的工人是否仔细清扫这里的卫生。因为太热，下楼梯的时候他有些不稳，他握住扶手，扶手上的那一层灰令他微微觉得有些恶心。姜植耀的心跳得越来越快，恨不得后脑勺长出一只眼睛好好打量身后。

苏沿拉上窗帘的时候正好看见这个男人的身影在墙角处，苏沿有些疑惑，并不是害怕，而是觉得这样的身影她是在哪儿见过的。夜风拍打着窗户，依靠在窗边的苏沿甚至感受到了异样的眼神盯着自己的后背，她怕不记得，她又看了他一眼。

有几片叶子慢悠悠地滑落的时候，她正好跃过了身前的这个小水洼，只是一不小心又踩到了下一个水洼。水并不深，反而透着一股清凉，有些细雨飘洒在额头，路面被屋檐下的昏黄灯光照得亮堂堂的，她觉得好像被谁吻过一下。回头看看自己跃过的那个水洼，一片叶子陷了进去，那片叶子还泛着新叶的翠绿，叶尖微微有些蜷曲，叶柄正好为水洼划出了一条线。一直到这一刻，她觉得是有人陪伴的。

　　姜植耀上楼的时候有些动心，他回望四处的楼层，灯光错落有致地排列开来让他觉得世界太大，爱人太少。他在密密麻麻的自己的呼吸之间想起了旧日的一些事情，他和她上楼，他唱着歌，她听着歌，楼梯的扶手上有很多灰，摸上去刚好一个手掌大，他回过头来看她有没有跟上，上一层楼的灯正好因为有些声响而点亮，他示意了一个小声的动作，将她拉回了现实。

　　现实的苏沿用她美好的年华带给姜植耀一场沉沦的幻觉。她牵着他的手，跃过水洼的时候，有片叶子正好在姜植耀的面前飘落，那一瞬间，他忽然想起了他徘徊在竹叶湖边的那一晚，微凉的雨水浇得他浑身湿透。他再也想不起的那一张脸，在一次次逃离的面前就这样出现在他的面前。

　　他敲门，关门。一场无声的戏剧被孕育在一个刮着大风的晚上，若是他不主动，若是她不迟疑。她总想对人好，却又总带着拒绝。时钟嘀嗒嗒的声音夹杂着后来的大雨声，他被一屋的暖气包围得快要爆炸，一切昭示着不想被打破的生活。被人替代的难过无端闯入他的脑内，不自觉地想起从前，他做过一场梦，被世人遗忘的梦。

　　姜植耀后来在苏守的家中找到了一套她珍藏多年的影碟，每一部影片都是教同样一个道理：害怕被别人拒绝，所以先拒绝别人。

在五彩斑斓的幻想之中，有人找到了自己的心爱，有人为他编了一个故事，人们渐渐遗忘他杀掉自己喜欢的女孩苏沿的晚上，弄城下了那一年最大的暴雨。

暴雨带走了一个被伤得太深、不自觉想挽回的人的少年梦。

1.

　　走的时候，弄城的天软绵绵的，阳光就像柔软的塑料袋一样覆盖在我们的身上，和时间一起生长。这个时候人会不想动，好像要等待漫长的时间去经历已经经历的生活。远处的桥是我想象的远方，我想象着路过那里时大雨已经落下，没有人懂得如何真正放手，只是浑身湿漉漉的被迫在河岸行走，看那湍急的水流。你的想象是什么样子，游过的鱼是什么颜色，烟圈一缕一缕上扬的时候停留在哪儿，这些我都已经不知道了。我在匆匆的世界里只有恍惚听到一声再见。

　　我潜到寻常的梦里，失落地问自己，我究竟什么时候才可以忘掉你。接受失去并不难，只是我还要接受这接受。我看得见不灭的灵魂和伸出的双手，唯独看不见我眼里关于你的念头。黑色像纱幔一样层层叠叠地依附在世界之上，光被影子遮住，褪成不同的灰色，我静静地躺着，望着天空，束手无策。

2.

　　我关上门，仔细看着眼前的这些木纹，觉得生命仿佛静止了。眼前的一切是有局限的，只有声音可以听，我有时会变得迟钝，那些梦想在咳嗽中被磨成恐惧，它们正在远离，任何一切都和你一样渐渐发生着变化。在乎的人消失在夜雾中，坏习惯需要靠病痛才能戒掉，这就是那些最恶的治愈吧。

　　我觉得，人的这一生都是在不自觉地追求苦难。我所做的选择不知道是好是坏，然而我也不愿困在窄小而温暖的树林里。光时亮时暗，风尘沙粒氤氲着，教人眼前总是黑黑的。我坐着，看你走，站起身来，送你走，我走来走去，仍旧不知道你在哪儿。由已知变成未知已是一个痛苦的过程，却还要经历由未知变成没有的过程。

　　是我不知道吗？并不是，是我一定要接受。

我在天桥上走，一低头，才惊觉公路已经驶向八千里外。没有人秉持不变，环境、际遇、莫名其妙的心情，掩盖了一个又一个的小念头。空气湿湿的，我好像回到了弄城，但天色又是家乡的，夜里的雾飘上天，成了黑色的云，又伸手可触，真冻手。

　　我仿佛有一把伞，让烟味在身上逐渐降落，飘飘荡荡钻入到毛线中，又从衣孔中逃出。朦朦的月亮被细雪覆盖，地上是一片白光，我和你走在湿漉里，永不开口。灯光在车窗外的马路渐渐走远，朝着我们也不知道的方向转弯。我看见你的脸上，有着十年前的墨迹，凝结成了年轻。因为风削弱了你的声音，那声音高高在上的被湿气包围，偶尔漏出来的，下沉在低低的空气里，好像可以被踩碎。

　　我心里的那把伞，因为失去而撑开着，顶着我的血管慢慢生锈，刺痛每一处活着的停顿。我凝望着，那晚风席卷的巷陌，也是我从前来时走过的路。一个人堕入黄昏与灰尘的路，蒙着眼，难过地流泪，早已忘了自己度过的失望。不舍得关上的那把伞，依旧消磨着我的肺腑。

假如让我说下去

后来的事验证了许多人都不知道这个关于姜植耀的故事。

人们只记得弄城离散的那一年，当地需要受到保护的隐秘人名单里泄露出来一个苏美穗的名字。许多人无暇顾虑原来一个流窜到弄城的女逃犯一直在自己的身边过着无忧无虑的生活，纷纷开始寻找自己将来的路。

当阳光刺穿玻璃，照得眼睛有些睁不开的时候，我推开门，恍惚见到了他，他的影子霎时覆盖了我眼前的整个画面，与此同时出现的还有我最不想见到的苏美穗。我很难堪地垂下头，盯着手上刚刚出炉的香芋酥，它们并没有什么香味，我随手将它们丢入了身旁的垃圾桶，阳光夹杂着灰尘一层又一层地铺洒在这个世界上，我甚至快要找不出他们两个的身影来。

　　我第一天认识他的时候，他已经和美穗在一起，但他只告诉我那天他们要分手，美穗也是一副就要离开的样子。三个人吃火锅的时候夹杂着奇怪的气氛，一直只是滚水沸腾的声音，上升的雾气吞没了他和美穗的许多表情。我坐在他俩的对面，当筷子掉落在地上时，我看见他俩的手是牵在一起的。我有些疑心，故意埋头停住了几秒钟，想给他们一个亲吻的机会，当然结果并没有。

　　我伸手去夹我最喜欢吃的木耳的时候，美穗敬了我一杯酒，我看见热气蒸腾着她光滑的手腕，让我一直记得这个瞬间。那个瞬间在后来他带着我和美穗走在安静的小巷时也曾出现。他融在夜色里看着我，说："如果将来有一天早晨我不见了，我只会告诉一个人我要去做什么，我希望那个人会骑着单车来追随我。"我只是看着他并不说话，只听见"嘶"的一响打破了沉寂，美穗撕下了砖墙上的一幅海报，那一刻我看见她光滑的手腕暴露着一条很美的青筋，好像是刺上去的蜿蜒文身，散发着冰冷的光芒。

　　事实上，我和美穗的战争就此完结了，我权当那一天是他们要分开，这个男人真心地爱过我。

　　他是温柔的，有胜过常人的温柔，任何话在他嘴里说出来都让人觉得甜蜜，他认真的样子看起来像个唯唯诺诺的小孩。大道理他并不会说，他只知道自己想要解决什么，只是有时没有魄力。我曾经在清晨五点的时候想象他的样子，觉得是他让夜变得好安静。

我经常想各式各样的借口让他不要走，只可惜不成功，每次送别时我倚在门口很久，走廊的灯暗了又灭，悬起了我的一颗心。我仍期待他会回头，因为有一次他是真的回来过，他悄悄地关上门，对我笑，露出六颗牙齿，教人怎么不心动。

但多数的时候是周遭温暖的空气包围着我，我觉得世界变得模糊。弄城再无雨下，慢慢呼吸进的氧气都被你抽离掉了应有的生命。

不太记得是哪一天，他和我说，失恋是一件很平常的事，为什么他这么放不下。他皱着眉头，嘴里叹着气。在一支烟的时间里，我没有说一句话，我不知怎样去安慰眼前这个我已经爱上了的人。我看着飘散在我眼前的烟圈，一缕一缕变化成为一切尽有可能的幻象，无话可说。

这反而是我们真正认识的开端，多像快节奏港片里唯一慢镜中面对困难的男主角和充当花瓶的女主角。我将他的烟掐灭，和他说了一个故事。我说我认识一对夫妇，他们结婚摆喜酒只花了几千块，数得过来的几桌酒席，两套新衣服，连结婚照都只拍几百块钱的，当然拍得惨不忍睹，可是我认识的那个女生还是很甜蜜地说：“你看，我觉得把我拍得特别美。”

他点燃他最后一根烟，拉着我的手，体温传递到我的手心带动着心跳。他说："真心地跟一个人走，才是真的。"

我突然觉得这时我们在一起了，他说我有一个女朋友，晚上我和她约好了最后的分手晚餐，你和我一起去。

我说不出是高兴还是难过。

他的女朋友叫苏美穗，梳着干净的马尾，笑起来眼睛会眯成一条线，但笑是她最难做到的事。她冷酷，嘴角露出的只有不屑，如果不是这一晚，我会永远都觉得她是个坏女孩。当他对我说，他去流浪只和一个人说的时候，我感觉到，她在难过，她哼着一首我最爱的歌，叫作《假如让我说下去》。她可能是想唱给我听，当我的目光从她光滑的手腕转向她的时候，她对我非常歉意地一笑，我的心一酸。就这样，在那一个时刻，我、美穗和他在安静的小巷都停下了脚步，各自站着，各自想着，月光照在地面反射出来的柔光正好遮住了我们各自的表情。在爱情面前，谁也不愿意再动一步。

那一晚过后，我再也没有见过美穗，我知道她和我身边这个男人还有联系，我渐渐地感觉到这个男人对我说的那句"放不下"的作用，我想再争取一点，但我爱的这个男人和眼前的事实仿佛又在告诉我，明明我和他是在一起的。

我们当然不是不开心，只是一切都来得太快。

直至有一天我坐在床上，看见烟囱里的烟飘得有些急，知道外面的风在吹着树叶摇动。没有阳光的天空灰蒙蒙的，清冷的气息很快就透过不太干净窗户来到我的身边，他看着我，认真地蹙眉，一副想要说话的样子。我在想，他可能仍然想着美穗。

我开始不知道怎么办，开始加倍地对他好，开始爱他爱到失去了自己，就算临别亦有通电话，也无非是甜蜜得令人担忧。或许就像世人批判的那样投入太快缺乏理性。

我们最后一次去KTV的晚上，我一首一首地唱歌，歌词里的意思有的他懂，有的他不懂，懂的时候他会觉得内疚，不懂的时候更是一副为难的样子，一室空气围绕着我们，一直都在告诉我，爱得有多深，他日的杀伤力就有多长。

终于在最后一首歌的时候，他环抱着我，吻过我的额头，他说出了第一句我爱你。

在我快要找不出他们两个身影来的时候，我一直低着头告诉自己没有看见他俩，他有他的自己，我只是爱他。我隐隐约约好像听到了他们的说话，美穗不知道有多开心，让我顿时有点难过，还有些惊慌。

因为那一晚，我和他都骗了美穗，我们不是第一天见面，我们早已认识多年。

在这些年里的某一日，我曾经为这个男人哭过，我穿着潮湿的衣服无力到看不见天边的云。云层的面容从未肯留下让我欣赏，也不曾告诉我为何不能停。泪水一遍又一遍地洗刷我的面孔时，我似乎看见了一场洪水，那场洪水汹涌地淹没整座弄城，每一个人都在伤心。

1.

原来他不知难处。所有给予的、要求的、期许的，甚至令其失望的对于他来说不过是一张说明书，阅读过后更长新知。那是他一个人享受的世界，无所谓幻想，是他靠着现实积累的记忆城市。在他看过的电影里，这样的人是不会知难而退的。他懂得，没有什么比渴望更长久。

有时候，渴望慢慢过渡到绝望，如同站在气垫上喝了一杯酒，躺下去听见风一阵一阵地在耳边吹，然后体会到结束。原来无望的结果也可以是柔软的。振荡的分子一周又一周地围绕着他，无论他躺着、坐着、站着，只要是醒着，就会被麻醉。这原本就是他所面临的希望吗？他不过是清醒着。

有一晚，他走下没有开动的滚梯，回头看灯火敞亮的办公室，那仿佛就是一个城市，空空如也，有的人眉眼暗淡消逝在白炽灯光里，有的人在绿色的凝固里神情默然，他忽然被感动，他害怕太难被感动。

他以前也常这样走着，带着喜欢和一颗心的安静，走来走去都觉得清冷，即使是在炎热的夏季，每个夜晚呼吸的都是白昼里的新鲜空气。他从未意识到难，那比意识失去还要难以理解。有一次他去塘鹅街买热带鱼，在人群里走来走去，如被砂洗一般，浑身的关节被阳光照得松软，唯有求得那白日鱼缸里的金色热带鱼的无声安慰。他在空房间里，不乏黑暗，坐着就能知道时间都是假的。他会想起上学路上要走上的高坡，那是最好的时间启示。这两条道路不会相逢，各是各的寂静过客。装置鱼缸的时候，他的手伸到里面，水的形状被破坏，冰冰凉凉，那一刻，痛苦都消失。

又有一天，他想起了这样的害怕，拥有了新的"快乐"。

3.

《向往》是那年我走过秋元大桥去网吧包夜时来来回回经常听的一首歌。一个人走秋元桥总是有些寂寞的，不像平时和知知、田悠、张氏他们一起时，走到尾段，两个人还要挤着走。龙江桥上的清冷时刻，是我看着水雾弥漫衬起的天空，害怕看到你，独自一人绝望的时刻。或许是因为很意外地听到这首歌，昨晚睡觉时我就做梦了，梦见你反反复复地和我说，你有去过，有发生过。因为想起这片豁达的天空，我变得释怀了。

那天我在机场转机的时候，也见过这样的天空，由窗外望向天空，黄昏里一片沙漠的颜色，没有沙漠重，它轻轻地像薄膜般盖在地球上，慢慢地流淌着。我走入通道的时候，天色更暗了一点，黄昏。尽了每一个人的心。我想起了两年前，我第一次理解《乡恋》，她唱"明天就要来临，却难得与你相逢"。

时光就快把我留在这里的记忆封存了，许多地方我回不去，许多地方成为过去，如果不是因为《向往》这首歌，谁会记得心里那份留给天空的释怀呢。

　　我希望你的本性仍存在于你的身体里，爱你的每一个人，都是爱上你的本性。

离开古城

....

　　他快忘记这件事的时候，却被他的一番梦话出卖，枕边人告诉他，你昨晚叫了一个我从没有听到过的名字。这番话让他重新回到了那个失去的世界。

　　年末的时候，他遇见一位老朋友，实在无法脱身的他应邀去了一个他多年都没有参加过的老友聚会。他一直都不喜欢这样的聚会，面对旧情，他习惯表现得很麻木。离开古城的那年开始，他开始变得寡言少语，过着朝九晚五的简单生活，有着让旁人讶异的不可更改的作息，分秒不差。每日三餐也是同样的饭食，认准了一家店的某一种饭菜之后便固执地不想改变。他并不是专一，只因他对人对物太容易产生感情，为免日后的花心，还不如在选择之前就克制自己，久而久之，自然会培养出对得起自己和他人的责任心。连邻居和店主都抵不上他这一番长情，搬的搬，关的关。

这个聚会里有一个曾经被他拒绝过的人，如今相见倒有几分尴尬，其实另一方都早已放下当年的事，唯独他迟迟不肯忘记，连他死心塌地爱过的人都曾赠他一句"你身上的负累太多"。他坐在聚会的角落，饮几口淡淡的酒，依旧扮演着从来低调的角色。他觉得自己好像置身于繁华的都市楼座里，一抬头便看见万家灯火，闪烁入目。

他疑心病重，乘电梯永远不会到自己要到的那一层，他怕电梯门一开会意外地遇到自己不想见到的人。他总是选择还有一层楼时走楼梯，凡事有个准备，逃也逃得迅速。

这个世界真的有他吗？他过着他的生活，他在看他心爱的女明星，他不被打扰，他这么多天第一次听到他的消息，是关于想象的。他做过一个流亡外国的梦，要经过都是铁门的小巷，手指在铁皮上咔咔作响。他背后中弹，缓缓地爬上楼梯。还没有和梦中人相认，就回到现实。

看到聚会上的这一切，他很难相信，这是我们离开弄城的生活。

回家的路上静得几乎可以听见自己的脚步声，他正在细细地数需要经过多少便利超市的时候，有一盏路灯在他的身旁忽然暗了下来，这是他来到这个城市的第三年，也是忘记她的第三年。

他心肠硬，遇事时的第一反应是狠下心，这是他在弄城离散之时学会的最大的人生智慧。他把一切不寻常都看作是寻常，把一切寻常又细细收好长埋于心底，久而久之，没有人清楚地知道他在想什么。后来的他交了三两个好友，他们平日里默不作声，可能心里时常都在猜测他的意思，好在是猜测，彼此之间从不点破，剩下的倒像是长久配合形成的默契，他欣然接受这样最接近于他心意的现实，人生有多少人能与你共枕。

他后来再遇到苏蓉的时候，变得比往年要失落，她是这么多年来唯一说过他不心硬的人，这是真也是假，因为一个习惯，他一个人看电影，一个人吃火锅，一个人唱KTV，时刻保持一颗冷漠的心，好让自己明白一切都在过去。是他教会她的一些道理，例如爱。

他的人生构成很简单，无非是顾忌、冷漠和猜疑三个词汇，不用太多的解释，更别期待其余的曙光，他拿本书出街并不表示他爱看，他常喝的饮料也不是他的最爱。

聚会时他收到一共十七张名片，其中有一个人是他曾经爱过的，于是他把这十七个人的电话号码全部存成了这个人的名字。看得出来他至今还在相信的可能只剩下缘分了，只是拒绝是他更常用的手段。

他唯一心情愉悦的一天是他和一个朋友去往医院，在路上，有太多古城的气息，每一处都是陌生，每一处又都是坦然，阳光均匀地刷在经过的天地之间，墙面反射过来的光线正好映在他那件轻巧的外套上，冷静又炽热。他往不远的地方看，他知道，生命里的这一刻在日后一定会变成漫长的回忆。

　　这之后再也没见过他对回忆的摆弄，他在人前一直是绝情的，漠然是他最常见的面孔。

　　在苏守离开弄城的第三年，有人曾经杜撰过一个关于他的传记。但太少人知道苏守，而且他不知去向，所以应该不会有太多人去关心这篇传记本身的真与假。正因为这样，看到这篇遗落在报上一角的传记的人们因为没有太多理性思考而感受到了另一个作者的内心。在读到"每一处都是坦然"这一句话时，我才明白作者苦心经营的原是自己的环境。

弄城·离开

苏守 ···

1.

我很疑惑为什么这么晚才遇见她。

我坐上11路的时候，车厢里已经挤得不像样子，即使是票价两元钱的空调车却因为窗子的封闭而变得燥热。车子一路堵一路开，我恰好被挤在司机后第三排的位置动弹不得。是靠窗的一位老奶奶将窗帘拉开的时候我才发现她的，她坐在拉窗帘的老太身边，我和她的距离隔着一个位置，并且我在她的身后看不见她的面容，背后望去，她简洁素净，还留着二三十年代女学生的短发，发丝黑而轻盈，一副安静的模样。

我觉得就是她了，可为什么会这么晚才遇到？为什么——这个问题已经是难以回答的。我属虎，今年二十三，但她，明明已是古稀老人。其实我不知道在一个人生命长河里，究竟何时才算作迟，我今日与她有了一面之缘，可能都不是在彼此最好的年华。

188

我注意到她，是因为她身旁的老太拉开窗帘时光照射在她的身上，她戴着眼镜在看报纸，眼镜离报纸只有一个拳头那么远，近得让人想拨开她，让她离报纸远一些，有趣的是，她拿到报纸先看的是《蒙面杀手血洗婚礼》。那样一个画面，一位洁净的老人，眼睛离报纸很近很近，虽然我看不见她的表情，但我想她一定在很认真地看这样一个报道，我觉得她应该是我想要拍摄的电影里的一个角色。

　　我想，这位我爱的老奶奶应该叫作刘碧芝吧，摩羯座，O型血。她看这篇报道的时候可能想起了自己多年前的婚礼，她虽然什么都不说，但我明白她很快乐。

　　她在看完这一版后，将报纸折好放进自己的购物袋，袋子是绿色的，和她一样安静。公交车在这个时候停了好几分钟，又有些热起来，她看看她身边正在打瞌睡的老太，又看了看前面两个横着坐正说着笑话的女中学生，她会不会回过头来看一看我，对我安静地笑呢？她笑起来的时候眼睛一定眯得很厉害，就像她为我夹菜时一样。

　　我们看很旧的电视机，电视机里在放《聪明的一休》，我们用很旧的饭桌吃饭，房子并不是很大，客厅都显得有些拥挤。我合上书以后她告诉我饭前要洗手，我洗手的动作很快，因为我很不喜欢做这么做作的事，吃饭时她会关掉那台老电视机，告诉我不应该在吃饭的时候看电视，否则会影响消化。她吃东西很慢，那是因为年纪大了肠胃不好，我不能吃太快，我想等她。因为慢，所以我们会各自说一些话，她会将一天的见闻告诉我听。年少时的她是读过书的，所以说起来有着旧时代的趣味，一种书卷里的幽默时时刻刻充斥在饭桌上。尽管我挑食，她却不会强制性地给我夹许多我不爱吃的小菜，她只会眯着眼，笑着夹一些我爱吃的放在我的碗里。我是愿意和她说话的，我将每天记在流水账上的日记都讲给她听，还有一些我关于她的儿子和孙子的疑问。有时我还会问问放在她枕边的那些小书是什么内容，不过我从未笑过她看书看报时，离书报很近很近的可爱样子。

公交车再次开动起来的时候，她身边的一个女孩伸出手去，她的手臂伸直以后我都没有看见她要接触的物体。我以为她想要拉上窗帘而没有够着，后来她走到司机旁边说了几句话之后我才知道，原来她是在责怪司机没有开空调。显然空调是开着的，只因人太多。我心里暗自想这应该就是21世纪沉不住气的娇气女生的代表，她一身夜店的装束，只要她动一下，全车的猥琐中年男性全都会盯向她。

好不容易到了一站，我被迫又往车内移动了一点，离她更远了。站定后再望向她时，她又将报纸拿出来在看，不得不说，她离得真的很近，她这次看的是广告版，因为离得太近，所以她每次所能看到的范围正好都是一小块一小块的广告，她连广告都可以看得这么认真。我仔细看了看，她身边的人已经换作一个老头，我突然有种预感，我觉得她和这个老头之间的相遇也是不寻常的，可能在很多年前他们有一段感情，让他们至今相遇都觉得尴尬，可是每一天他们仍然都会在公交车或者活动中心相遇，尴尬并未褪去，反而逐渐被放大。这也许是她为什么又拿出报纸来看却只是看广告版的原因吧。

很难相信，我们这么晚才遇到。我因为一些人生必要的选择而错过她。当我回过头来再想起的时候，竟然会不记得我们的之后发生过什么。故事停留在我寻找车上俗气的夜店女的身影的那一刻。我急匆匆地下了车，全世界都没有等我。

苏守 ···

$2.$

如果这世上有一个叫难过的天使。

当你感觉难过好像光环一样一圈一圈地在你的头上的时候，是不是有一种被神眷顾、洗礼后的悲伤。所有的事也许能够活在主观的想象里，沐浴一层层光芒，然后收获一个结果，好像人水里游走过一回，遍体甩不掉的依附。我好像遇上了难过天使，她住在我的心里，也许有时候她会在别人的心里休息，但她总来我这上班，趁我不注意的时候在我身边舞蹈，享受阳光、植物、幸运，可能还有我最爱的雨水。我会不知道吗？她会拿走人的智慧吗？更可能是她会盗取我对于童话的无知。我沉浸、麻木、抵抗，和她展开迷人的拉锯战。这可能根本不是战争，而是我配合她一起织一块布。那个希腊神话里被嫉妒的智慧女神变成蜘蛛的织布女，也在做着这样的事情。我们的难过不像油那样滑过肌肤，被吸收一些，又释放一些，倒像是那手中的工具不得不用。

难过天使送给我的第一个礼物是不舍。它完成在黑夜，它会闪闪发光。那是她对的时间，她并非神力无穷，因为时间宝贵，所以也会总是错过对的时间，于是便形成了迟钝。迟钝是美好的品质，会积累与沉淀，包括命运和对难过天使的包容，它在时间的长河里化作星星，无名无姓无影无踪。一切令人感激又懊恼。

原来天桥也有一角，自转弯处高高向上，秋天里应该有落叶将它染得有一点点暗红，从这里走过去之后，梦想就会成为可能。这个可能丝丝缕缕地飘荡在我所看不见的天桥顶端和马路对岸。平静的河流总会令它们上空的东西做出改变，于是一些可能飞进了我的脑海，一些可能留在了夜晚，还有一些可能蜕变奔逃。

天使与这些可能为敌，好像童话里对付黑魔王那样，即使消灭了黑魔王，魔烟一样稀释在空气中，我甚至觉得它们能成为天使的宠物，埋伏在我的四周做出暗示。但我另一半的脑海有对抗、有迷失、有我们的相处之道。于是他们交缠，成为不可能，不可能会化成一杯不得不喝的酒。一点点涩，挥之不去。

景象中有虚梦，有堂而皇之的期待，有不停坠落的悲观，还有与天使光环一样多的疑惑。天使好像做了又好像没做，好像拉我入蛋清之中走了一遭，丝丝黏黏进入呼吸，走着走着也会着迷。

我应该看到你了吧？如果你现在在我的头顶看到我写下这么多字后，是不是已经又为我做好了一个光环？

3.

我很喜欢渡边和直子一直走着的两场戏，那样的速度是电影里很少表现的场景，直子性情的飘忽展现无疑。菊地凛子的戏很有凝聚力，在飘散的气氛中，她能填充许多呼吸进去，我喜欢她演绎的这个直子。她表现出了那些潜藏在表面之下的焦虑，和她一直在寻找真实的努力。

我不知道渡边害不害怕拒绝，有许多事情的发生其实是自然而然，他没有猜测，没有预想，只是很快地接受，连折磨看起来都并不深刻。但不能说没有折磨，他直面生死，直面分离，有着超乎常人的愈合力。这只是一段发生在一个二十岁出头的男孩身上，即使看再多的小说也无法挽回的一段"有的没的"的感情。

他和直子都是包裹在既脆弱又坚硬的外壳中的。相反，绿子过着一种突破了自己的生活。在绿子的身上，我明显感觉到了烂泥般的生命力——已是这样，又还能怎样，她的心能轻而易举地包容一切，不管痛不痛快。电影中的处理令绿子偏于单纯的外向，更似公主，我并不太喜欢。尤其一场渡边在医院与绿子父亲独处的戏被略去，更削弱了对绿子的侧面描述，大概没有什么机会能找到她趋于安静的时刻。

绿子不关心真实，我想可能是因为她可能已经找到了，但她找到的不过是她拥有的"没有"。

苏守 ——

4.

我看着墙上的雪花，它灰蒙蒙的，就好像是童话里黑暗王国的中心，即便在里面来来回回走一遭，都未必明白其中的道理。是的，它脏，它在墙上很久了，都没有化去。那里没有风，没有雨，只有快要震落下来的声音。墙是红里泛着粉的浑浊颜色，如同洗都洗不掉的胃酸。

这是人生中的阵痛，它被浑浊包裹着，让人生慢慢消磨。它无味无声，顶多有一点点形状，多像我生活的城市。有一位名导演，不知是有意还是无意，他的镜头很"脏"，从不挑拣，我有时很迷恋。年幼的雨下进灰色的城，雨声都难听见。

病好之后，我的味觉还未恢复，连最喜欢吃的太平苏打饼干都吃不出味道。多难忘当年的胚芽奶绿，在那个小饭馆，喝什么都美味。是的，什么都要听从，可以自由，但不可以改变生命的安排，每个人携带命运前进的时间里，途经了那一个个下午的木楼梯。后来，它易主换了铺面，那不是大时代的金融危机而造成的，只是因为时代之大，大到掩盖了我们所遭受的伤害。

这个周末的夜晚，我打开了很多令我挫败的密码，但愿我从此无有成长。

5.

　　昨天我的同事靠在床上听了很久《这么近那么远》，我在另一张床上看着《义海豪情》的大结局，时不时见他流露出失落的情绪。这个冬天还没有真正冷起来，他靠着墙，墙外是宾馆的停车场，拉开窗帘向外看，才仿佛有一些冬天的感觉。停车场不开阔，局促拥挤地停满车辆。我们住在二楼，望下去不过是一小片空间，冷空气来自窗边，窗边是树，拉上窗帘刚好留一些树影，不曾察觉的冬天其实就在那外面。房间的灯颜色并不一样，一盏光线暗，一盏光线明亮，交织起来构成了一个光线条件不太好的房间，但这深黄浅黄又自成一个世界，并不为窗外的深蓝所浸染，像所有人的心，都活得局促。我们能估算心情，能掌握未来，在这个房间里和暖气和灯光一样默默地流失。我会记得希仔的那个瞬间，有一丝坦然的失落，还有《这么近那么远》的歌声在回荡。

我直到今天这一刻才明白什么是"永远在床上发梦，余生都不会再悲哀"。我留意早晨，留意车窗，留意经过的车轮，那都是最陌生的味道，不含有任何的气味，每一个清早，渡化每一个人，在这段记忆里，原本没有你。

还记得当天旅馆的门牌

还记得街灯照出一脸黄

———————————————————————————— 如果

　　虽然知道看不到完整的日食，但我还是去了天台。天一直都是阴阴的，好像有雨下不来。因为恐高的原因，我只敢望向很远的下方，这个尚属陌生的城市，街角流动在我的眼前，隔得太远，好像湿湿的。

　　我在数了对面高层的第129个窗户之后，很想下楼走走。我把没有喝完的绿茶倒在了天台上，看了看手表，日食就要来了。天阴得很，太阳只剩下半个，另外半个被模糊得失去了光泽，像是蒙上了几层很厚的白纱布，被束缚得紧紧的。

　　出电梯的时候意外地撞见了你，大概让计划了很久的你有些手忙脚乱。我看着你笑，就是不问你来这里要做什么，你愣了几秒之后，又把我挤进了电梯，按了最高楼层的按键。我一直低着头，为了不让你在电梯的镜子里看到我的表情。

再次来到天台的时候，天黑得像山雨欲来一样，我看见我的绿茶水迹还没有干。

我坐了下来，想等你说话，你彻头彻尾地变成了一个手足无措的人。我看了看太阳，说："南方应该会更好看吧，你应该去那里看。"这个时候，我的家乡，中国的南方，白天像黑夜一样美，到处都有光，到处都是漆黑。你一直看着太阳，但它不可能被吞没。太阳被无数厚厚的云层一层一层覆盖着，一层一层渲染着，混淆了颜色。天空、太阳、云彩、高楼好像全都连成了一片，只有一点点的光和未完的阴暗。

几分钟后，我说我要继续上班了，我是偷偷跑出来的。转身进门的时候，你终于开口说了话，你说日食300年才一次，你想等我老了之后，能记得有这样一个早晨，天地无色，大地一片漆黑，还有另一个人也在身边。我回头看着你笑了笑，快速地走进了电梯。

晚上乘地铁回家的时候，我看见电视上播了一条将近5分钟的关于日食的新闻，我想起了你在早上望着太阳的样子，灰色的天，想告别。

如果我们都在南方就好了。

1.

　　不知道梦话说了什么的夜里，是否就没有了窃听者？窃听者带走了所有的梦话去往下一个目的地，偶尔撞见梦游的女人会亲吻她一下，说一些他带不走的梦话和疑惑。梦游的女人第二天早晨醒来会特别的舒服与开心，她觉得一个装满疑惑的梦境才是真实的人生。梦游的女人有一家唱片店，店里全都是她爱的音乐，她也想把它们卖给喜爱它们的男子，但那些男子往往都不怎么喜欢她。不知是为什么，梦游的女人一年之后开始掉头发，街角巷口到处都有她烦恼的回忆，夜灯照亮每一个细微之处，只有窃听者还在偷梦话。

　　我想起这件事来的时候发觉那已经是好几年前的事情了，如果不是他告诉我，我不知道要多久后才知道原来我把梦话说得那么长。我和她分开两年后得知她有了新的男朋友，我搬到了离她最远的街区，我想我们唯一的联系就是窃听者。这世上闲人太多。有人问过我怀念她什么，我无话可说。后来问我的这个人做了她的男朋友，不过我看得出来，她不爱他，他也不怎么爱她。

　　窃听者的人生并没有因为知道了我和她的一些片段而改变，相反，他开始嗜睡，他一直都做一个梦，梦见自己走进了那家唱片店，寻找一张被抛弃的唱片，唱片的内容是他自己的梦话。

　　我们都在反复地丢失与寻找，我们仍然属于命运苟且地生活，我们不会解释像梦一样的人生，我们唯有等待一个窃听者。

2.

走出电梯的时候，风缠绕在我的脚上，痒痒的，好像蜘蛛网片刻不停地跟随着我。我走入暗夜里，看不到这些丝网的痕迹，走着走着，就像是忘记一样感觉不到了。

我真怀念同样的一个夜晚。星星在宇宙里，它远远地望着我，又被我望着，成为永恒的真实。他们一定可以，可以跨过一个或者一些困难，甚至在我所不知的时候而来到这里，将我笼罩住。夜就这样在一滩水迹里慢慢地变干，风吹过去，不起波纹。来来回回经过的小世界，它没有边际，却划过了我的边际。

如此的这些，代表剩下的我们。剩下的我们是依靠在陷阱里活着的我们。南方的雨有时会下到北方来，天地万物好像置换了空间一样，在迷人的夏夜里，在散乱的纸片中，无序地黏结着。

忙于心软与被迷魂

赐我理由再披甲上阵

-- 知道

　　她背对着我，小腿上有一处很大的伤疤，应该是许多年前的烧伤，我在电视里看到许多戏剧中被烧伤或者被泼硫酸的女孩子的伤痕都是这样的。我记得这样的伤疤在地铁里的一个女孩的脸上也看到过，那块伤疤在她嘴角右边。

　　她站在地铁车厢的最里侧，一身黑色套装裙，短发梳理得很干净，孑然一身的感觉。从背后望着她，有一股不自主的失恋感。我很清楚这一次不是创作在引导我，她转过头去，似乎有着不承认失恋的伤痛。虽然我还没有看见她的脸。

　　我小时候坐姐姐的单车也留下过这样的伤疤，后来我还看见一个女孩被摩托车的喷气烫伤过，大致也是这样。但那些伤都很快会好，不似这般会永久地留在身上，让地铁上的人为之侧目。

我有预感，她这几天一定遇到了她深爱的男子，他和别人结了婚，已经有了小孩。傍晚蓝灰的天色中，他和她推着婴儿车并排走着，他一直不说话，小孩发着些奇怪的声音，她对小孩说："你不要一直叫，你想要什么就说出来。"然后她便学着孩童的声音说："爸爸，我要棒棒糖。"说完又恢复自己的声音很温柔地哄着小孩，告诉他有什么就说出来。他笑她的举动，说他还不会说话。他们一路走着，话题不过如此。

当身影消失在转角的时候，她挥手与他再见，又恢复了孑然一身的感觉。

太少难过的她，让人看起来已是心痛，但也没有其他的选择。

她低下头来整理了一下自己的衣服，那一瞬间显示出来的无助我一直都记得，我忽然觉得在她的身上有一种情绪，一种我们被迫接受已经过去的事情时再回首质问的情绪。是她这种冷漠在提醒我。

我好像做过一个关于她的梦，是在我的梦里又开始出现陌生人的时候，她陪我坐很远的火车去一个沙滩，我记得沿途景色到处是郁郁葱葱的树木，阳光飘洒在车窗和她的侧面，她一直面无表情，漠视眼前的这一切。火车开得很慢，那一路的景色我记得特别详细。我们去的沙滩更像是一个公园的一景，处处都是其乐融融的恋爱场面与合家欢，这使得我与她一直在找我们可以坐下来的清静位置……

先停住。既然梦到过，我为何不记得她的样子？

地铁到达我要下车的地方时，我想轻轻地绕过她，看一看她的长相。是的，一早被我预料到，这个小腿上有疤痕的女人正是我上次见到过的脸上有疤的女人。

后来我一个人走在地铁甬道的时候，隐隐约约地又看见她走在了我的前面，日光灯衬托的通道墙壁发着暗光，好像有些事要发生。

没有人知道，我们第二次相遇的这个悄无声息的故事。没有人知道，孑然一身的你，下一次会出现在哪里。

1.

他有许多问题。包括他自己在内没有人可以解答。

人的一生其实很短暂，而一生之中的时光更短暂，并且带着遗憾与失落、烦恼与忧愁、不解与质疑、微微醋意与闷气、窥探与思索、一点欢乐与痴狂和永远都会到来的再见。

苏守 ··

2.

从前，我们因为经历、成长、喜好、表达和认知等许多的不同而相互吸引，即使遇到能默契解决的问题，我们也总是有着各自的方式，久而久之，一个人生好像变成了两个人生那么多。但它们并不互补，只会掩盖真理，慢慢地出现妥协，没有办法，谁叫自己拥有两个人生。

做事靠猜，做人靠猜，却又是真的正确。如果人跋扈起来失去道理，那必然会朝失败狂奔而去。每次我花气力离开，站在夜晚的斑马线上，黑黑白白反而让自己更绝对。一次、两次，你当我乐此不疲，我也习惯。我们人生相处的方式早已无关真理，无关真实，无关真情，依着性子要从两个人生中剖开一个自己。

有个人他尝试了很多次，他成功了。他在夜晚微凉的道路上能够心无挂碍地看着你，炫耀人生的资本与演技。路边的植物透露出谎言的信息，这些都是我看到的。我们彼此建立起来的人生观在月光下变得耐人寻味，好像分裂出第三个人生。它是由简单的你与两个我构成。

我们靠着河岸行走，我想偶尔下水湿湿鞋，你却不让。我们在争执间走了一里又一里，路过纷杂万千的植物，转过弯去就可以怀抱整个宇宙。仍然清晰可辨的只有来自内心对从今往后的考虑，它随着卵石沉入河流，静静地，不可察觉。

就好像今天的我。我怀疑，是从前我为无法下河生气而踢开的一颗卵石击开了障眼之光。

3.

我梦见大雨，那雨是雀鸟、飞蛾和蝴蝶变的，我的梦里从来没有出现过这样的雨，暗暗沉沉，比任何都真实。所有的记忆叠加在一起变成混沌，混沌之中衍生了新事物，我明白，我所爱的不仅仅是一个真实。

人生是无法停止生命对你的挖苦的，当你躺在床上看月光下的在建大楼时，一缕缕的光影在召回你的理智。你漠然超越的是你曾经看透的，不过有时彼时的能量仍然能教你坍塌在地。在这个时候，受比施要痛苦。

将自己打破，重做一次垃圾。

苏守 ··

4.

我的世界最远不过就是你的世界。

我试过整年都没有一个人的消息，原来在如今先进的社会里，有电话，有网络，有各式各样的朋友八卦，一个人还是可以无影无踪，我想那一定是我命途里受的阻碍。我也不会一心扑到迷失空间里去，因生活叫我们不停地继续，填写一张又一张的问卷。我今晚走在没有灯的路上，银色的月光将一颗颗小树变成羊羔，安静地等待最夜的一刻。它们说着悄悄话，传递被阻碍的爱意，那是一种明亮的静止，月光啊，树影啊，影影绰绰，都小心收藏起来，不必让爱的人知道，只需懂爱的人留恋。

我的爱，已被天地收纳。我感谢，是这一切将它放进我的心里。

5.

　　我过了很长的时间才意识到，我其实是生活在不快乐建成的虚空里，度过年月，被雾气包围，而且有时会后悔选择了愚钝，坐在冰冷的石凳上看那弯月细过灯光，一团团的湿气跟着移动。不管自己是谁都可以拼命地呼吸，我并不以为那是受污染的良药。我的心，早已因爱你而蒙尘，比天与地都要容易积攒令人厌弃的尘埃。

　　第七年，放下与不放下都是说给自己听的。与其理解自由，不如先明白自己。那些未曾得到便失去的好像这曾经的雾霾天一样，湿冷，喉咙干干的。我看不见，却有光亮，那不是电影中常有的启示，只是叫自己身处战栗的局促。要将失望降到最低，就需要在不抱有期望的同时，还有一个心爱的人。

我坐在小五的车上，看着他一句话都说不出来。路灯一盏又一盏地向身后退，这时我才感觉到时间又已过去好久了。我度过的那么多个夜晚，看到的口中呵出的白雾，大概都在朗朗宇宙中储存起来了。

　　我还没有信仰上帝，我不知道我这一切要与谁诉说。若不是那一片又一片的模糊，怎能藏下面无表情的我。

6.

　　我的安心常常来源于"我知道"，它能延伸展开一个无穷大的世界。我猜想我的魂灵常常在我飞速行走时被一片片地落下，幻想得到一些无法寻找的安慰。他们在浮光间流淌，试图去包围自己心里想的人，却发现无处可触碰。记下那感觉，竟然成为说服自己的唯一真实。

7.

　　Rose对自由的向往是最打动我的。她对泰坦尼克无动于衷，却对一个走南闯北的穷小子动了心，在这段爱情里面，她做出了自己的努力。自由与努力，这是我最爱她的理由。

　　电影结束后，我和小五走出来，季节仿佛瞬间就到了夏天，那是真正的朗朗清风和朦胧月色。小五点上一支烟，我们走了好远好远。上一次一起走这段路，我和他在讨论一个选择，那是一个至少在今天看来仍是对的选择。收获时，不妨做对比，这很难，心却变得更自由。所以在这个泰坦尼克的夜晚，我又好像获得重生一样，在那个瞬间，我变得比平时的我更为豁达，我看不开的是银幕上的生与死，恋与悲。我能够做到的是：朝着一条路走到底。

　　那是一个宁静的、像刷上油彩的夜晚，它糅合了我记忆中许多个夜晚，有那个我写过的有纸片飞过的恐惧夜晚，有那个看过《画皮》之后的舒畅夜晚。全然不同的路线，做了许多不同的注解，没有人的街道，走起来都是兴趣盎然的。我仍然庆幸我知道自己，不被其他失去而干扰，不求得到，只求真实。

还有他们面对的过去都已经翻开新的一页了，生命不知疲倦地招待这些人。

我想记得它，记得那一刻我的感觉。我遇上春风私密的情绪，我走过原地踏步的路，我付出时的赤诚之心，得到的平和之意。那是一个与泰坦尼克沉没有关的夜晚。

8.

　　我昨天去电影院看电影的时候，已经是晚场了。大厅只有三个人，一对夫妇在后半段已经睡着，我一个人走进货梯的时候，看见还有一位阿姨值班，她睡在椅子上，盖着军大衣，手里握着手机，那个姿势和我在日本电影里看到的学生少女握手机的姿势没有区别，生活的习惯指示我，那是期待感。我问她："你一个晚上都要在这吗？"面对着楼层的按钮，电梯一层层地向下，货梯的四壁是柔软的木板。她说："是的。"又问我："看电影的人还多吗？"我告诉她不多了，已经是尾场了，还有一部电影半个小时后完，到时候可能退场的人会多点，因为那是部爱情片，我入场的时候见到许多情侣。她笑了笑，继续拿起手机发短信，这个时候电梯到了一层，我走了出去，出去的时候瞥见她抚了抚自己的卷发，那个瞬间，就像80年代的恋爱情节。

今天在食堂吃饭的时候，我看见了一个清洁大妈，穿着黑马甲，头发不是太多，绑一个松散的马尾，我注意到她是因为我看见她正望着电视很开心地笑，只有神情没有声音，眼珠里都是开心，笑完后又扒了几口饭。我回头望了望电视，正在演《猫和老鼠》，再回过头，我注意到整个食堂百分之六十的人都在看电视，但唯独她是一个人。她的头发有点灰灰的，皮肤也有些皱，不知道是不是清洁的气质，但她的餐盘井然有序，前面放了一个梨和几张纸巾，那种秩序感，很像天秤座的人。每吃一口饭，她就看看电视笑一下，虽然很孤单，但也很开心，让我想起了我弟弟小时候的样子。

　　这两天，有很大的风，我们都是风里来的人，困在陋室。杜芋宁，如果你看得见我看到的这些一定会明白，什么让我们开心。

若你说不再听情歌

不想再经历这旋涡

那阵时间，他有时会无端地下楼去以前和你常去的那家粥铺吃一碗米线，本来韩舍已经在家煮好了饭，他却浑然不知，就这样撒手什么都不管地走去粥铺。一路上，他的思想和他这个人都好像在神游，但是一直以来他从来没有告诉过我他在想些什么。

不过我知道，他有时会无端地想起从前和你在一起的日子，都不是什么紧要的事情，就像家常便饭一样出现在他的脑子里。有一次，下着大雨，我和他站在窗前，他很无奈地问我，这些记忆明明都是垃圾，为什么他还记得这么清楚。

那一次，是我第一次答不上来他的话。我想了想，只好走出房去，留他一个人独自看雨。在那个晚上，他甚至没有回家。

我从未想要涉足他的记忆，但是他总让我好奇，因为我看到的大多是他好像已经失去又或者是在告别一件事，许多年来，我甚至从未见过当下的他。我不问，也不期盼他会告诉我。

　　因为，我和他这么多年来的关系是靠你在维系。

　　在他没有回家的那个深夜，我接到了韩舍的电话，她问他为什么没有回家，我独自一人在窗前看着雨停后湿漉漉的路面回答说："聚会喝醉了。"韩舍没有多问，很快地挂了电话。然后我想打电话给你，一直在占线。

　　当时的天灰得蒙上了一层蓝色，树叶闪闪发亮连成一线，我循着这一线望去，正好看见有一对情侣在路口嬉戏，路面上的水溅在了彼此的身上，路灯将他们照耀得内心充沛。我不记得当天是什么冲动让我想去那个路口看一看。我见到了一位很像你的女人，她带着一个小女孩在路上慢慢地走着，她的长发很温柔，我走近看时才能够看清发梢是毛糙的，但这不能掩盖她全身坚毅而又腼腆的气质，我觉得她可能是一位单亲妈妈。她背着女儿的书包，在路灯下走起路来摇摇摆摆，看上去像个巫女。

　　我经过她的时候，她正好接到一个电话，没说几句，她就说再见，我看见她第二次说再见的时候说得很轻很轻，只剩下口形，突然间心一紧。我知道她难过了，她拉过女儿的手，说："宝宝，我们要去的地方很远。"

有一年，我和他一起去一个很远的城市，他旅行，我出差。在那个城市，我们大多时间都不在一起，只有晚上回到旅馆时闲聊几句，说得最多的就是你。我知道他认识你，并且熟识，但他一直有意遮掩，谈论的都是一些表面的流水事宜，我说到你的优点时，他偶尔附和一两句，那已经是他最动情的时刻了。

在那一次，我知道你爱的这个男人，他也爱你。他愿意为你创造一个可能会被发现的秘密。

我自幼学会的是弄城教我的处世智慧，凡事选择放弃，这样内心的情绪便不会拥有太多。我告诉自己，与你保持距离，才是真正的爱你。他很明白，他与我之间的关系，既是朋友，又是敌人，不仅构不成威胁，甚至可以互相利用。我们都是经历过许多爱情的人，每一个步骤应该要怎样的手段都一清二楚。

那一晚我回到家中的时候，他还没有睡下，我站在窗口看见那一对母女还站在路口，渐渐沥沥地又下起了雨，我听见了雨水打在母女撑起的粉红色雨伞上的声音。她们久久地站着，像旧港片里没有实现约定的场景，街灯映照下的雨丝，慢慢地消失不见。

虽然我没看见，但我知道，那一刻，他也在注视着这对母女。

无话的夜晚静静地过去，不敢开灯，我怕我们谁都有出走的冲动。我看见他依靠在床头看书，眉目沉和，那是他第一天认识你的样子，他说你的眼睛红红的很有趣。你们交谈甚欢，以至于我一度怀疑你是有预谋的，图他有家产，想同分一杯羹。他也识趣，你们俩起初正像戏台上的男女。

但我没有想到先放手的会是他，因为他看起来好像不会损失什么。天边的风声递送到他窗前的时候，惨淡的月光照亮了整个书桌，书桌的角被磨出了木头花，还有他用笔划的痕迹。他在不远的地方睡着，黑暗包裹着许多梦外的伤害，他的眼珠在眼皮底下动了一动。这是他放弃之后的第一个梦。

梦里，他照亮了整座森林，所有的星星都画在了树叶上，它们遮蔽起来刚好又是整座天空，林间会透过月光，越密集就越亮，好像刺刀一样处处无法靠近。他想伸出手去摘树上的野果，却看见了一棵树在流泪。一滴两滴，他竟然数了许多下，这是他唯一一个很少走路的梦。

很多年后，在你的遗像面前，我听见他说起了这个梦。之后我再也没有和他说过话。

你知不知道，我仍然怕，我的热爱遇见他的热爱。

苏守 ···

1.

　　我躺在床上，像走入了崎岖的山洞，突出的岩石让我扭头。伸手摸了摸墙壁上的灰尘，一手的白，我在这个等待的过程里，误入了迷津。我寻求帮助，未曾听见真切的回答，我想就靠在岩壁上等石子刺进我的后背，把头放置在那不舒服的暗处，坚硬的，不知冷暖的狭小空间。被拉得长长的路啊，未料到随时都会成为终点，好像从等待里找到了结束，在这一刻，也是一种时间的停止，可能很不巧，我和你之间就要这样结束了。

　　我想变得慈悲，在喜欢你的时候。因为慈悲的我，可以喜欢你很久很久，无所谓你会不会继续爱我。你是天地间幽远的念头，我寻着这个念头，发出小小的善意，身在其中，被保护着。好想乘这条船，在白光之间晃荡，去遥遥天际，拾获你的身影。

停车场出口的上坡路，像锯齿一样，我慢慢地走着，竟然和你同步，我们谁都没有说话，只听见了缓慢的脚步声。在很晚的夜色里，我一边听着，一边看见了脚下的碎玻璃，可能有好几块玻璃的数量，厚厚的，碎成了正方形。我觉得它们会发光，微弱的被藏于灰尘之下，踩上去在脚下滚动。那一刻，我回到了我的童年，我看见黑夜里密不可见的树木，有猫头鹰在叫，我们迅速地走着，伴着被月亮吹送的风声，我似乎明白了，倦鸟知返。

　　我站在一团树叶之下，透过缝隙望着月亮，它那么近就好像路灯一样，树叶将它分割得更加锐利，亮而耀眼，我与你很近，又成了对于我来说搭建稳定关系的那一只脚，摇摇晃晃不动了，我又抽身想走，左一望是空荡荡的校园，绿草坪灰得像夏天里的傍晚雾雾蒙蒙，右边是陌生的第一条马路，车呼呼的经过声成为唯一的声音。好想闭上眼，让时光停止，哪怕是孤独的，也不要再让我随着月光流动下去。

　　挂掉电话后，你叫我摸你的心跳，"扑通扑通"，像我们的人生，竟然来到了这一夜。我们都很开心。你坐下来，平复自己的心情，这个时候才流下眼泪，你说因为老爷子没有等到，这是你啊，善良的你和可亲的你，我们的喜悦仍旧要靠眼泪来流动。

我怎么得到也会怎么失去

与你淡似水便千杯不醉

　　苏守于家中清理旧物时，发现了一张废纸，密密麻麻写了些字，是从前蓉住在他家中时留下的字迹，不过并不是给他的。他想着，某一个夜晚，蓉起身打开台灯，长发蒙上尘灰，直面内心的声音。他曾经爱过蓉，在从前弄城的海棠花旁，他向她求爱，遭到了拒绝。那一刻，苏守几乎快要流下眼泪，只是这是人生必须经历的。没有人想过他们会重逢，没有人想过这个世界到底会有多大，更没有一个人能够成为真正的英雄。但他想，他想过，就在他看见蓉起身的那一个瞬间，径日时光在她的身上流转，藏匿的力量开始慢慢地聚集，缓缓带出宁静，宁静走过安和。苏守想，这太像弄城的月光。

　　那一个旧站台，那一个快要遗忘的重来。

札记一：

漫游长街，连身旁橱窗都露出想象表情的时候，我很怕我会忘记。

你轻轻地在一旁提醒我，说你要记得。

我记得我带你从船上走下，穿越人山人海的一瞬间；

我记得我坐在列车上看群山连绵，阴霾遮住你的脸；

我记得有一次你回头我们意外地再见面；

我记得夕阳之下可能什么都不会有的重现。

还记得那天你说都忘了吧，我说那我们永远别再见。

札记二：

那一年，我告别弄城的光，我一定会记得我的离开。

我是否会有一天再抵达，看见苏守仍旧坐在海棠花旁。

札记三：

有一天，我路过我们一起吃饭的小店，里面坐满了人。当时我们也是那样，呵着白气，喝着白粥。我发觉很多人都认识你，他们和你打招呼，然后悄悄地说一些话。我喝粥比你快很多，因为我每次都还有其他的事情要做，你大概已经察觉，每次都是一样。我在衰败的弄城生活过，知道没有什么比记忆更重要，没有什么比冲动更烦恼。

这是你唯一不知道的一点，韩舍。

札记四：

我真的已经不记得，我们第一次看电影那家影院的名字。

姜植耀 --

1.

　　回忆的夜里总会发光，总有一些话语声音轻柔。有风微微拂过地上的纸片，空荡荡的街，还未关门的水果店，你亮起车灯燃起烟来，又慢慢地消失于夜空。记忆里的空气还布满了尘沙，他们像流沙一样渐渐地淌下，一点一点地揭示过去的美好。颗粒和尘埃飘浮于四周，有的时候，我们真的以为那些消失过的、遗忘过的、恨过的、爱过的只是这一霎。在泥沙中被清洗，却仍然留有最真的你。

2.

宁静，永远最真。

她戴着白手套给我翻书的时候，有丝丝缕缕的光线照在旧书上，飘浮的尘埃遇见书上的旧尘埃，在老花镜下格外温暖。她的头发梳上了一个髻，一丝不苟，正好与她的笑容相适。她热情，一句话会复述两遍，会使用"哦，我大概理解了你的意思。"这样的句子。

我在葡萄架下度过的那一年，拥有最多这样的光线，这样的尘埃，这样的安静的时刻。我永远都会记得。那个时候我想到河对岸去，走有着许多江水的小桥，小桥没有护栏，有时人们会骑着自行车掉到江水里，他的爷爷在他的口袋里放了他十六岁之前都没吃过的糖果。

你，还记得这江水吗？它曾经在我嚼着泡泡糖翻山越岭时的暮色中。那时候只有人的影子和远处的山影。我们下过的棋、看过的电视剧都历历在目，金色的年华悄然逝去。

她常常和我说，把字拆开父亲就不认识了，说了两三次的时候，我看见卡车运来了我即将得到的一大堆旧书。你也许不明白收集的乐趣，那里面有始终无法选择的过去。照单全收是一种类似愚钝的智慧，它会助我们打一场翻身仗。如同信任和期待，每一样都是自己骗自己。

但是我还记得，我们坐下来像《追忆似水年华》里的场景一样用老花镜放大拼音的情景。它失去了声音，失去了一切。

3.

记不记得那年的这个时节，弄城的空气冷冷的，凝固成霜，我
有时送你到车站。月光和霜雾在一起的时候，我们都变成了黑色
的，那种轻松，覆盖上了草木一样软软的。你今天和我说，你那天
去看医生，坐在椅子上，医生和你说，这个得要做手术，你的眼泪
马上就流了出来。回去的路上你坐在出租车里又遇上交通管制，你
一直不停地哭，我忽然在后视镜里看见了你。你还和我说，现在工
作的电脑很慢，做手术那段时间同事都换了新的电脑，再回来工作
时，你也懒得争，慢就慢点。虽然这令我有些难过，但我也觉得你
长大了。我们已经不是当年的我们了，我们曾经度过的那些清晨，
在记忆里和露水一样轻盈。

4.

那年元月的一天夜里四点多，我们两个唱完歌，在自助银行里聊天的时候，看见了外面《蓝莓之夜》的海报。你说好浪漫的一吻，问我有没有去看，我说有人爽约了，那两张票我还夹在《哈利·波特》的第七部里。她说："那下次我陪你看碟吧。"我望着玻璃上被我们哈出的水雾，湿湿的，映衬得整个冬天都是白昼。白昼有雾，雾中有盖满灰尘的落叶，我踩在上面，说："圣诞快乐。"我前两天看完了《蓝莓之夜》，我从来没有这样看过诺拉琼斯，我喜欢那个城市里的列车。

我想和你讨论真实，讨论困顿，讨论一切如何度过。你不那么坚强，你在黑暗的楼道里显得脆弱。你在白茫茫的冬天里度过了最后一天，那一天它萧条，它琐碎，它是我记忆里最特殊的部分，让我至今都不知如何处理。每当我孤独的时候，都会想起那个冬天，你靠在我的肩上烤火，跟我说你的故事。我们从不说这些，我总是为你担忧，你总是埋怨我宠着别人。

我怕沉沦，我遇见了海洋，我看见那一晚船只在海浪上摇摆，船桨被冲入无边际的海水。一盏灯的范围有限，外表的海犹如深海，直到视线中有了你。我记得我在学校上课时，上讲台上讲过爱琴海的传说，也讲过美神维纳斯的诞生，那是海洋上阳光照耀着金色泡沫，美神冉冉升起，光令水柔和，水令光流动，扑扑闪闪都是你的面孔。

知道你结婚的消息，我真的很开心。

5.

　　我依然保留着我的第一个手机，它已经迟钝到不能再用，它很像我，我将它收藏在某一个收藏箱里。

　　而你知道吗？对于我来说，已经失去了你，但这失去在我的心里仍占据着重要的位置。要我再放下，等于就是再一次失去。我这些年来小心收藏每一寸光阴，阅读，看电影，称为短途的旅行，不算玩乐的玩乐。永远的思考，不过是为了学会再一次放手。

　　对于那些生命中已经拥有的，我们是否已经准备好看着它慢慢消逝？我是我自己，疏疏淡淡的自己。

6.

　　我不知道自己是否还像根刺一样，长在路边高高低低的树上，我甚至不知道自己是否已经醒来。我所抛下的岁月它已经生出新的枝桠，离开这座城市的时候一程又一程的天在窗外闪过，现在又好像透过电话传递到这里来。而夜晚那些仅有的时间也已经不再发光，我闭上眼，感受他们已经归于平静，消解在那些不同的、相同的夜晚里。那仍旧是我未知的，我可能在某一天会去猜测，也可能在某一天告诉自己不再重要，只不过现在的我也许分辨不出来了吧。

　　我离开的时候，以为自己失去了全部，与其说是失去，不如说是自己主动放弃了全部。那种在时代里被迫接受自己的状态总是难忘的。这些事带来的好处就是令我活得自在，偶尔用乐观形容也不为过，只是再次遇到"珍惜"的时候，我才会挠挠脑袋，发现我的没有了。"珍惜"存在过吗？一定还有，生命总归是以它的方式活着，我小心翼翼不会被打扰的"珍惜"已经不存在了，这是我小小的成功，也是失败。最终，我们的磁场会消失，会埋没在我们的想象空间里，那些瞬间的表情都会令我们成为过客。

我看见你，在梦的黑暗里，隐没于世事。

7.

那天傍晚，我又出门，我看见了许多年前也许看到过的天色。淡淡的月亮挂在天上，只有一个浅浅的纯色的印记，它在疏朗的天空里，微不足道，没有光亮。那月光失去，时光逝去，蓦然回到了几年前的时空，我和你并排走在月亮下，听着风声，不发一言。那样的夜晚，在弄城里，安静得可以听见池塘里小虾被捞上来的声音，也或许并不是，是有人向往，有人要去度过自由的生活，才听得见这种声音。

时空它游历到我这里来了吗？我看到的，听到的，触摸到的，都是我的时空，但生命奇妙的是，有时我走着走着，你的时空好像会出现在我的脑子里。我怀疑那是多年前我们许多个夜晚里，用笔写下的互换的感应。这并不畅快，冬天的太阳，暖得也不均匀。今天我洗完澡回到房间，一回头就看见自己肩膀上没有擦去的水滴。

是啊，都会过去，整个世界都会过去。我们庆幸并没有给对方带来什么，把许多都留在当下，各自度过剩下如云烟或者晚霞般的日子，仍旧会羡慕，会向往，会去做好像从来没有做过的事情，但不再有分享。如果我走在世界的任何地方，叫我的声音甚至都不会存在。

最后，我去看了《少年派》，人生是要失去了吗？并没有？只是失去老虎而已，也可能是家人、船只、自己。最后你归隐了，也会消失。当你我学会自处时，也完成了与彼此的相处。我们的过去，真的就要过去了吧。那只老虎没有回过头来，我却在电影院里拥有了整个宇宙。我看着老虎，看着密林，又好像看着曾遇到的朗朗星空，我想是时候该流泪了吧。

8.

　　阴天，一切的绿树绿草都沉睡了，我在下雨或是出太阳的间隙停顿了许久。远远地望着。那些休憩的生命像被冻了霜，白而闪亮。山风载我慢慢前进，吹动它们萧条的身体，更远方的乌云，一层层地晕染着唯一的公路。没有人等待，再看远一点，那些大山好像也经历过种种放弃，巍峨不动。

　　每次往返于弄城就需要六个小时，在车上的时候我上网，看电子书，听司机和客人说话，不过大部分的时间是在睡觉。这是我工作中无法拒绝与分割的六个小时。这许许多多六个小时打消了我对喜欢的人的思恋，因为即使有时间有耐心，也还是有许多我们无法做到的事情。天地将不舍放进我的心中，教我打破不断爱人的命运。我珍惜并且常存遗憾。人，只能活一次，爱，也只能让你明白一次吧。

9.

下班时被拒载两次。四月天里春风沉醉，滑落在我的脸上时已变得很沮丧，我在路口等了很久的车才回到宾馆，想去KTV，但没有去，去小树的房间里吃了两个橙子。随后我下楼买煎饼，水果摊依然没有西瓜，夜凉得像河，不过是停止的。等煎饼的时候，我站在马路边看路灯下的叶子，黄黄的，亮亮的，凝聚着一团团的光。我想起从前送小五回家后一个人走在马路上时，我偶尔也会停下来看看树叶，像是有风，看得见的错落。

在路边坐了好久，整条马路窄得像家门前的肖像。远处的路灯，逼仄的墙壁，看得清的、看不清的都和我一样静静待着。楼梯上有光，一直延伸到你遇不见的灌木丛，我们要一直走，学会享受困顿，任春风吹在脸上，沮丧埋在心间。那灯光月光，都照耀你去流浪，不是实现梦想，是寻找安静的托词。很可能我们会遇见，被记录在彼此的记忆里。不过为什么我坐在这，只看见一点点光和一片片树叶而已？

我们这一生，遇到什么人，都像是看到的那一点光，油油亮亮，捉弄树影。

我们曾相爱　想到就心酸

那一年里，我很怕被提及的是，我曾经有一段被称之为"有的没的"的感情。我很怕一旦界定它的成分与性质，会有更多的触动消逝在其中，也有更多的触动于再一次的回忆之中碰撞而来。

他看见黑压压的人群杂乱无序地堵住去路时，往车后座一靠，红绿灯在他的眼角丝毫没有要跳动的意思，他不明白这些路人为何要日复一日地不遵守交通规则，日复一日地堵住他前进的路。妻子和他说："可是活着不就是重复的吗？"他想起了这句话，看着红绿灯镶嵌在夜晚的五光十色里，想起自己终日浏览的重复风景，低低地叹了口气。

已经十分钟了，车在马路口几乎没有动过，数量庞大的路人一波接一波，根本就没有停下的意思。他盯着红绿灯，手握紧方向盘，告诉自己，下一个绿灯，一定不再避让行人。但他永远面对的都只是失败。他没有开动他的汽车，他看着两旁指示灯的秒数，77、76、75……绿色渐渐隐入黑暗，所有的人好像都更被偏爱……

　　他来到若城的第二个晚上混进了一家酒店，他认识这家酒店的大堂经理，那是他的初中同学，但他没有和他相认。他想一个人。他偷偷混进5层的时候遇见了一位客人在走廊打电话，彼此对视了两秒，他看见她眼里流出了眼泪，擦身而过时，他听见电话里面在说："为什么你打电话总是这么不认真？"

　　因为这句话，让已经走到十步开外的他决定走回去，他想递一张纸巾给她，她让他想起了自己的妻子。每当他在堵车时给自己的妻子打电话，他在电话里说的最多的就是刚刚听到的那一句。他走到她的面前，摸了摸两边的口袋，并没有纸巾。打电话的女士疑惑地望着他，随即又笑了笑。他看见她按掉了通话，电话的那一头还在叫嚷着："为什么打电话总是不认真？"

　　他来到13层的时候，已经很累了。站在13层楼的窗前，他望着酒店外的城市，似乎到处都在堵塞，霓虹灯闪烁，让行人变得盲目，他想着千里之外的弄城，如果停电，那将是世界最好的礼物。
　　酒店的灯光很微弱，走在地毯上软绵绵的，稍不注意仿佛会被吞噬。他一遍又一遍地走着，不让困意包围自己。他用手指甲划着墙壁，发出"呲呲"的声音，一路过去，只有自己能够听见，那是在这个安静的夜晚里，这个温暖的环境中，唯一让他感到安全的声音。

很多天前，他的妻子坐在床前，一封又一封地撕掉他曾经写给她的信，也是这样"呲呲"的声音。妻子撕了很久，当所有的信件都成为碎屑之后，妻子淡淡地同他说了一句："我们离婚吧。"

他在若城流浪的第三个夜晚，是在一个24小时自动存取款的银行度过的。这个银行在一个十字路口，很像他经常堵车的那个十字路口，夜深时，只有红绿灯不会停止休息。他看着红灯变绿灯，绿灯变红灯，一瞬间很想弄城，他一遍又一遍地数着秒数，无止境般，在第1124秒后，他进入了梦境。

梦里面的仍是他自己。在下一个绿灯来临之时，黑压压的人群仍然没有停下来退让的意思。他咬咬牙，眼神似有所想，一踩油门冲了出去，在他呼啸而过的身后，他听见有人惨叫，他闻见了血腥的味道，他仍然目不转睛地望着那个红绿灯，微弱光线的灯笼罩着自己。

他将车开出百里后，便弃了车，疯狂地跑到火车站，去了若城。火车上，他看着一望无际的平原，这是他第一次离开弄城。黑色的山峦深浅不一，到处都有微弱的灯光，到处都闪烁着他的眼睛……

醒过来时，已经是凌晨3点半，他走到路口呼吸新鲜空气。四周都已进入了寻常的睡眠，有一间还亮着灯的房间引起了他的注意。那间房里的人看起来是个年轻人，年轻人在窗口边站了许久，手里的水杯装的是可乐，因为他听得见水杯里气泡跳动的声音。

　　一瞬间，他想告诉年轻人，他坐在驰骋于平原的列车上时，看见了他奔跑的梦。

　　若城的警察找到他是在第四个晚上。他身无分文，想找那天遇到的那个打电话的女士帮忙，他只是在街上漫无目的地寻找，他心想，如果找不到，晚上就去找那个站在窗口的年轻人。他在那间酒店的门口徘徊，是他的初中同学报的警，他的初中同学显然已经不认得他。

　　在被若城警察遣送回弄城的列车上，他看着窗外的雨渐渐沥沥地落在平原，一切都是灰蒙蒙的，寒气逼进车内。他看着《若城日报》上的新闻，有一条说的是他第二晚待过的那家酒店闹鬼，有住客整夜听见门外"呲呲"的指甲划过墙壁的声音。忽然间他想起了那个打电话的女士，他想一定是她听见了声音，顿时痛哭流涕，他知道一回去，就是该离婚的时候了。

　　当他再见到妻子的时候，妻子自始自终没有说过一句话，处处都流露出冷漠与不屑。

他对妻子说了一声对不起，他说他不想过重复的生活，他答应离婚。

流浪回来的第一个晚上，他一个人在家，看着鱼缸里的鱼游来游去。它们速度不一，好像那些在他面前散乱的行人，他疑惑自己为何没有坐牢，没有受极刑。那些鱼儿游来游去，白光掠过尘埃的时候，他又进入了下一个梦境。

他不知道，其实那一晚，他没有轧死人，他在下一个红绿灯没有到来之前便下车落跑。他不知道，不知道自己仍然是个胆小鬼。

只有在梦里，才有那片奔跑的平原。

苏守 ···

1.

　　我梦见独自一个人在空旷的房间里，那是夜晚的奥林匹亚宫殿，大理石砖反射的月光映在柱子上，我看见自己的影子跟着我慢慢地移动，好像要寻找什么。这一切被造梦者看在眼里。在梦里还有一个影子，它也看着恐惧惊慌的我。我又一步一步移到卧室的门口，除了贯穿而来的风，似乎什么也没有，于是我又往回走，客厅大门有声音在响，好像有脚步声传来，我回头望，什么也看不见。未知的恐惧促使我靠了柱子上，它的视线移向了敞开的大门，并没有什么人进来，于是它朝我眨了眨眼，又摆了摆手，示意什么都没有。我在梦里笑，因为安全，这一刻我什么都看得见。我笑的时候，造梦者在梦外流着泪，这也许是我醒来后将要拥抱的茫茫宇宙。

终于，我觉得疲倦。

年少的我们，没有时间去想明天，也没有时间想现在，仿佛在一堆疑问和满足当中走着夜路。我是这样走过来的，走到期待感渐失，遇到重复便觉得满足，我的自由天地被无形的手遮住，它用规律的指法敲击出了我的人生。不过我还在想，过去的我一定会成为一张纸片，被夹在书本的某一页许多年。翻开它，就翻开了傍晚，等待着吃饭，然后上网，然后看电影，看电视剧，躺在床上看书，听虚拟的时间逝去，岁月和真实还差那么一点点，有风，好像也没有，无法去到更远的时间，我因为想你而定格。

2.

一早起来又下雪了，答案变得越来越模糊，尽头是灰蒙蒙的天与地，建筑会消失，交通会消失，世界像是海市蜃楼。

遗憾有的时候是一种自我欺骗，它不同于后悔，他拼出模糊的面孔，然后用泪水或者笑容去雕琢。如果不想做一个无脸人，就需要去做所有事情来换一张脸，那张脸一定有一个等它的人。它坚韧、粗糙，笑起来时嘴唇也不轻松，眼睛能收住悲伤，脸颊有一些其他人都有的雀斑。但瘦长的身躯让你不顾一切。你还记得你无脸时的寻觅吗？生命中所有的树木都背你而生，刻上别人的路标。

"今夜还吹着风，想起你好温柔"，他看见桌旁蓝色的包和枣红色的围巾，忽然间觉得她长大了，那个什么都会烦恼的女生开始解决自己的烦恼了，他们离成长又进了一步，也离漠视自己的情绪更进了一步。

1874

·· 寻 找

最初是我唆使他回去的。

你看春风在你身后吹得纸片飞扬，洋洋洒洒的光线留都留不住你一颗想回去的心。你应该走的。

那一天的晚上，世界没有声响，沿途的灯光被剥夺了生命，照得他的眼神闪烁不定。他看到橙黄光影外，她在看着他，他觉得他这次回来一定能找到她的。一定能，只是他，当然也包括我的一个臆测。在茫茫人海寻找一个死去的人，那是真的要等天去给机会。

我悄悄地走进房门的时候，房间里静寂得要命，窗子上的反光晃得我一双眼很疲倦，不敢开灯，怕会刺穿早已预设好的心情。我打开房门的时候，他正在熟睡。没有人知道你安静的生命外发生着怎样蹊跷的事，包括你自己。

他怕他什么都看不见。

在那一年之后，他便向往一个人。一个人走过发亮的树叶，看微黄的灯光扑朔迷离，看远方的安静慢慢有了形状，他便知道，那是她走后留给他的内心。他走到路的尽头，便知道自己错过了她，身后一条陌生的路，模糊不清。直至有一天，他有机会重新踏上这条路，才发现原来当初所认为的尽头外仍有一个大世界，那世界有城铁穿梭，有不带任何杂质的白露。那个时候他在出租车上流出眼泪，原谅自己当初无法走出去，是因为他的眼光和她的世界。

他最初来到这个世界，是同我一起的。他温柔而不自制，善良得像海水，但善良到了极致同样是人间凶器，他的记忆就像是圈套，拉你入陷阱。

那一年，她也是同样，我们互相欺骗的阳光大到可以覆盖整个时间，连夜晚都被照耀得亮堂堂。欺骗令她学会勇敢，建立脆弱的关系。明亮的夜晚，在缠绵的路灯下，我们都有新的开始，从此我们坦诚，直至忍不住再次欺骗。别再寻找原因，因为有可能一切都是假的。

我见他依然在找寻，虽然旧爱一个个，他还留有空位给一个空间。他盼望人间有魂灵，他盼望点燃的烟会萦绕起来，即便只是一个回头的幻影，留给了雨水模糊的形状。路上撑着雨伞，他永远是微微地低头。或许很多年后，他不记得有雨，我也不记得，只记得眼底潺潺的河流。

我想走，她并不知道。谁不想试图改变自己的命运，在我的面前可能只剩下成功或者不成功。我和她一起的日子里，为了命途一次次地改变，一切都只为一个打破，却原来是这样的不自知。她过得很不知所以然，我们只配做她真实谎言的聆听者。但真实与虚假的交错才换来一个她。这个时候，我们对自己，对他人，对自己心里彼此的关系，都不太了解。

你找得到吗？显然找不到。你我相同的路途，没人会为你破例，她只是没有身影，并不是没有魂灵。度过了这么多平淡的岁月，你仍旧不会知道她飘飘荡荡的内心，你和她只是不说，其实许多事情都已经点破。你怕她心中还有一个自己，时间越长，你越难去认识。与她同路不过是沉默的纪念。天色暗淡，许久都不再能回去。

我不知道，也无从告诉你，我和她一早就结束，但我们的边界越来越模糊，成为苦恼。那个时候我整夜被幻觉占据，在梦境中鱼跃，一层又一层的幻影叠加在黑暗的意识里，我惧怕你的善良，怕它有一天也会侵蚀我。

我们走过同样的路，你比我积极，比我兴奋，可以一再地被原谅，这是你们共同的力量。在那个没有雨、没有雾的夜里，只有一个美好的故事。故事里曾经有一盏我很怀念的路灯，那是唯一的真实。不过我自己都不知道我有多少个唯一，我的使命只是寻找我的救命稻草。

　　你仍旧没有寻找到当年被你丢弃的她，你没有后悔，你只是怕失望，怕随时到来的遗憾。许许多多飘着灰尘的夜晚，伴随着经常到来的失望，那些遗憾就像虫子一样驻扎在你心底，你不过是一个失败者。

　　1874，你是否还会记得我教你认识的她，认识的成功与伟大，认识的失败与遗憾，认识的自己？

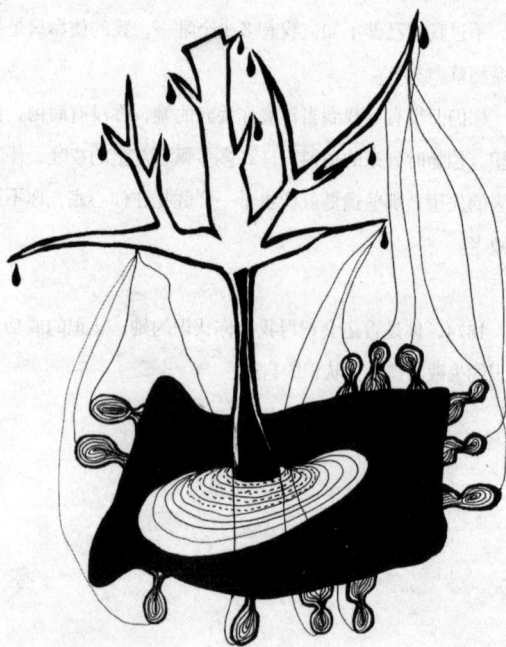

弄城 · 1874

苏守 ···

1.

　　那一天，我从宾馆出来打车去了很远的地方，我想我们下次可能要在另一个城市见面了。那天司机带我走了许多荒凉的道路，他和我说反正到了晚上什么也看不见。我摇下车窗，吹着冷风，眼中只有树干上一排排连绵过去的白气，那天没有星星，世界唯一黯淡的光亮便是它们。

　　天空真的大多数时候都是灰蒙蒙的，陪伴它的是荒芜的山丘、孤直的树木。

2.

我不喜欢一个人在爱的人面前显露委屈，尤其是因为喜欢他而妥协后的委屈，这意味着一种情感上的压力，看起来被爱的人不用承受，实际上承受了更多，所以在这一点上我爱程英多过陆无双，他在与杨过相识相交的过程中几乎没有一点这样的矫情。我们爱一个人，为他做什么，因为他做什么，都是自愿的，如果我们不愿意又要装作愿意，那就已经是不爱自己了，又何必表现出来让他知道自己的委屈而更加不自爱。

要么直来直去，有一说一；要么就藏得不露痕迹。我相信，爱一个人的真心真意，天地可昭。

3.

　　有一晚，我走出去时已是繁星满天，许多星斗照亮了路上的灯，夜是那样宁静的存在，在一棵大树下可以坐着坐着直到入梦。梦见你的时候，距离很近，时时不敢忘记，欢喜又怅然；没梦见你的时候，又可以那样的自如，远方很远，不说难忘。你那时也坐在长条椅子上看夏天吗？还是闭上眼描绘整片星空？我看得到的星星，是可以复制你的情景的，它们是长时间可用的镜子，天上的录像机。我远远地看，它们好像越来越近，就像我和你，看得见，却无法牵手，但我明白你一定是我人生中最闪亮的星。

　　你知道吗？我看见你的身上有广阔无垠的生命力，喜欢你为痛失感情而哭泣的勇气。我不是，我失恋最难过的时候，也只是蒙着被子默默流几滴泪。不知道是否我们这样的不同，形成了些许有阴影的光辉。那光辉就像那斑驳的镜子，映出的不完美的影像一样。

　　我总是在某些人的身上，看见这种生命力，赤诚而内敛。那对于我来说，是最有力的力量。

苏守 ··

4.

　　我还停留在黑夜里的深灰绿色里，朗朗清风中你双手抱着夜光水母，我们并肩走着，好像左边就是高山，右边就是悬崖，那一条路不知会通往哪儿。树木伴着山风摇晃，沙沙作响，天地都被这样的声音覆盖。你的头发被风吹到嘴角，忽然感受到一丝丝的凉爽。我们是要说再见，还是要再等待，好像都已经无所谓，在我还相信的时候，我们就这样漫无目地走着。

　　还有，世界大吗？我每次从google上查询从我这到你那的距离，每一次都是，这里到那里，看一眼就算了。

　　其实现在我总想象我的身上有十万道血痕，受伤的时候没有及时修复，等痊愈时我已经失去了以往的力量，有的时候也会发现自

263

己并没有痊愈，只是我以为自己好了而已。我常常觉得，人生啊，我只有穿着现在这件衣服活得不一样一些，没办法再换另一件衣服了呀。

　　我多希望一整个宇宙的时间，都是我遇见你的准备。愿我在错中可以快活，去到真实里没有自我。

姜植耀 ....

5.

深蓝渐黑的雾在树林间铺撒开来，十二点的夜晚被毛毛细雨包裹着，许许多多微小至极的水珠在四周荡漾，凝结成一片湿漉漉的天然被，一路上那些树梢因此而模糊，正如我们这些静止等待、不求呼应的人们。你要感受雨，雨一滴一滴落在像树枝一样的身躯上，不会忘记。

世间几多缘分，我在今天又遇到了喜欢你的人。我带着冷静和对你的熟悉与他有简短的对话。他比你我小，正好是在我们相识的年纪，无畏且真诚，甚至他并不认识你。我们都已知道的那么多，却不如什么都不知道。你还会重返从前的世界吗？经历我们重复的人生，用你那永不枯竭的新鲜。在南方多雨的季节，我有时被冻得连血液都似乎变色，自知已再没有勇气踏上某段路程。

昨天下山的时候淋着雨，同事的手电筒一直照着那些雨，雨像线一样的落在地上，被小小的一团光曝露的生机，都已经长出了枝桠，它们静谧疏离，在地上变为无形。我从少年时就想要走在这样的路上，有认真的生命，待人至诚，待喜欢的人至静。庆幸这些渴望会轻而易举地实现。十二点下雨的人生也就不过如此。

多想成为雨中的人，感受不到泪流的认真。

6.

那天下雨的时候正好出门，躺在车座上抬头看两旁树木的绿叶时，觉得清清凉凉的。那绿透着水滴虚掩着天空，蒙上雨雾，世界连绵成灰色，有些建筑仍在发亮，而另一些趋于黯淡。透明的世界里，明晃晃的，正好是一个好天气。

雨停的那天晚上刮起了风，也是那一晚有人叫我放开一点。那个时候她低着头，原本瘦弱的她看上去下巴显得更尖了，头发有些凌乱，她是摩羯座，可能还是A型血，好像被春天的夜晚印证。然后她说，没关系，放开一点就好。那个晚上我非常的感动，我觉得那是她半生的人生智慧，毫不保留地教给了我。

第二天演唱会上出乎意料地听到《割爱》，听到"星星堆满天，我还是最爱月圆"。我想象着一个人，他有无数的影子，在世间的每一个地方路过，尽管这样仍旧只有一个他。她不被察觉地畏惧着善良人，追求最爱却又无故做着恶人。那些被空气擦拭得像一块布的回忆，大概可以凑成一匹卖了吧？

　　其实，这一天我一直在想我是不是再也没有机会了。

　　今天收到花花的短信，她和我说，就差你不在弄城了，那个时候我正站在窗口，看风吹着办公楼外的行人，一个个的陌生人，是那么的千疮百孔。

很　好

　　有一次他特地找到我，和我说他昨晚做过的梦。那个梦很长，充满了许多我至今还记得的事情，他不厌其烦地在我耳旁诉说，补充着一个又一个的细节，有时会加进自己的分析与设想，好像我们从前并没有参与对方的记忆一样。这样的举动让我实在不忍心打断他。慢慢地，他关于梦境的叙述使得我行动迟钝起来，眼里看到的东西要很久才能模糊地传达至脑里，手也渐渐迟缓，只有一双耳朵仍在无情地接受。

　　在那个梦里，他打破了一些我们从前的关系，我们一起出现在那个烧烤的夜里，他说那一次的凌晨两点我站在十字路口的中央，她曾劝他去找寻我。他说话的时候眼神闪烁，我一直疑心他在向我

269

撒谎。但自己越是不肯定的时候，我越会因为情分而去选择相信。他说那个烧烤的夜，他跑过很远的路，他没有料到我只是藏匿在原地，他和她都很怕消失。他们觉得我一定会。

一定。我笑了笑，我有些觉得他们俩一起用这个词于我太重了。幸好他还记得那只是做梦。他继续往下说着，他说后来他们在那个桥上分手，一人走一头，他想放弃寻找我的时候就找到了我。内容虽然简短，但许多细节他一直记得清楚，例如他找到我时，当时的红灯还剩多少秒，周围的楼房有几盏亮着灯。

我一直静静地听着，很长时间不说话。陷于想象，我开始觉得自己的房间变得越来越窄小。他的话我有些许分不清真实与杜撰，特别是他看着我不发一言的时候。我到底还是接受了他那一次的说法。他坐在床边，我在镜子里看到的他，长大了许多。

后来他一直执着于问我为什么，就好像从前的那个夜晚，我们重逢在雨季的十字路口，他唱起了他最爱的歌。这首歌我听过，反反复复有雨水打在雨伞上的声音，那个晚上他唱完每一首歌后，都会转过脸来望着我，轻轻地问一句为什么喜欢。

我说："是你喜欢。"

他笑了笑，雨水淅淅沥沥地淋在我俩各自露在伞外的肩上，说不出的清冷。我探出头去，想看看他那时的表情，由眉到肩，都带着颤抖。

我再想起这件事的时候，才发觉那已经是好几年前的事情了。

　　那年夏天的炎热如同往常一样延续到了初秋，每一天似乎只有清晨与深夜的时候是凉爽的。我在假期的最后一段时间内迅速地调整好作息，每一天都很早起床去吃早餐，边看早间新闻，享受安静的时间。大概是心情的原因，每天听到不带任何感情色彩的新闻都觉得是开心的。

　　这样的日子一直持续到了开学，开学第一天便迎来了秋天里的第一场大雨。我背着包及时地躲在了一棵大树下，但也被淋得浑身湿透，我被冻得有些不高兴，正在思索要不要就这样跑回家去的时候，我看到了他和她一起牵着手朝着我的方向走来。

　　我故意停止了自己的动作，站在那棵雨声清晰的树下笑着看他们经过。他们两人撑着同一把伞，我低着头望着水里的波纹一圈一圈地荡开，想等他们叫我。事与愿违，一直是静悄悄的，我抬起头来去看，他们已走远了。只有他回过一次头，眼神飘忽地看了看我躲雨的那棵树。

　　在故事的最后，我问过她，那一次有没有看见我。
　　她说，我原以为你不想见到我。

　　夜晚的睡眠一直在梦里，平平静静的，却又好像知道很难得活在一种生活里。我们相隔在玻璃窗两侧，看着彼此并不清楚的眉目，忽然觉得一个世纪都没有见过面了，我们拥抱又回归理智，避开现实中会牵涉的话题，即使在梦里，我们也希望，一切都是快乐的。

她问我，他是不是来了，我和他之间的关系又是怎样。正是那个时候，窗帘被拉开，光线侵略而入，照得一切都惨惨淡淡，我难以应答。

梦，又是一个梦。

我没有向人说梦的习惯，只喜欢向人求证，梦境会不会真的发生。几年后，我再一次遇到她的时候，只问了她一个问题。我把她带到那棵树下，没有雨，没有风。我问："我们还会不会在一起。"大抵是故事的深意太深，她没有反应，反而伏在我的肩头哭了起来。我们？你们？原来还会有人记得从前的事。

那一天，我听到他失踪的消息时，竟然没有哭出来，后来我才明白他口中说的关于我的自私。我拼命抑制住自己的心跳和将要陡然变色的面孔，那时，我仍想找到他，我必须平静地对那些能够找到他的人说："他不见了，你能不能联系到他？"

世界上许多隐情好像在那一个寒冷的冬天都会慢慢被蒸发掉，我按照你的逻辑，用理性的态度告诉自己，你可能再也回不到我的身边。

多少年后，我后悔难过得想哭的时候，仍然无法流出眼泪。

姜植耀 ···

1.

　　我在连绵的雨景中翻出你瞬间奔跑的身影，墨蓝花的上衣，素净的面孔。

　　宫里的伶人一直在唱，动容之色全都掩盖在一片惨白之下，星眸红唇暗点我心。

　　我一直都有儿时见过你那面容的错觉，可能是所有叠加的梦境让我分不清现实与过去。忘记的事不再记起，记起的事不再真实，真实的事不再欢愉。

　　有美景在等着我，让我跌落，埋我于万丈深渊，不再醒来。

_2._

窗外雨下不停。
再多的和声也唱不眠我的纷乱难过。

我只愿你好，别无他求。

3.

　　弥漫在四周的空气致使我在回头目睹你的时候，失落得就像阳光穿过你的帽沿而无处停歇一样。

姜植耀 ···

4.

　　四月的阴霾一直延续到了梦里，黑得如瘴气一般的世界包裹着你，一直领我向前。石阶上有雨水，有些灯光透过窗户，萤火一样闪烁在我和你的话语之间，转角的风吹得轻盈无力，一树一树的花还没有开放，只有你浓郁的背影深深地扎进了我的眼里。

5.

坐地铁回家时，一直在听《逃亡》。看着车厢里的白炽灯光，我想起了高中时，总是站在教学楼的走廊上听这首歌。我的学校建在山坡上，那个时候我觉得我所能见到的山下，就是一个逃亡的世界。那也是眼界。后来我去弄城读书，很多年不敢碰这首歌，我总怕想起当时的落寞，很久不听，直到快要忘记。直至有一天晚上，我靠在我房间的窗前望着楼下的十字路口时，我又想起了这首歌，你见没见过我们跑过十字路口的样子？那是谁都有的逃亡意识。

我们又很久没有联系了，是不是我们总是在尝试不同的生活？我们怕生活的线一段一段连起来，扯都扯不干净。你有理想，但那个时候通通被我打磨，剩下的只是一些有机可趁的空寂。我不同，我总是带着批判、带着失望看待每一个故事，这样如何去旅行。你大概也不知道，那个时候我写有些人生命中唯一的面对就是逃避，那是千百扇窗下的另个你。

现在的我生活的不同，没有想过逃亡，但我知道，关于我的逃亡一定存在于你的意识界里。我还记得，那天我们两个坐在车里，你拿着手机放《香格里拉》，我看着车外经过的自行车，每一个车轮不停地转动，仿佛这首歌就是它们唱的。有懦弱，有迷路，而那个夏天，所有的阳光都接近于白色。太多的车水马龙，我靠在车里，看不见最上面，看不见最下面，只有你在我的身边，哼着"我以为认真去做就能实现我的梦"。

6.

那年我们晚上去听海，一坐就是很久，什么都看不见，只有一个大大的月亮在天上，海浪声和着夏天的凉意，这就是自由了吗？那感觉和我们坐在鱼缸前看鱼是不同的，那一室之静，不过是把心放下，而这天大地大，是自由不可恋。

7.

　　七月六日十五点四十七分，这原是我想过很多次的时间，令我
收获了旷野之中的绿色。那天是极远的，白云就像印纸一样贴在上
面，镶着若有若无的金边，不过亦舒写过，乌云也是镶有金边的，
天能代表愉悦，澄空千里的时候在旷野之中，世界都变得很大。草
原，树林，都有一层白色的像是飞蛾的灰，那灰落在绿色上面，拥
有一份淡然。我珍惜此刻，此刻已比我从前拥有的更难得。

8.

　　我心底有一种隐秘，好像在暗恋着一个人。我一生最痛苦的是爱得迟钝，仿佛只有年月才能培养我的爱情。我吃过亏，不止一次。爱情先后都难分清楚，更别说要搭衬得适时。在这一点上，我总怀疑，我不太相信自己一时一刻的感觉，需要通过漫无止境的验证。我怀疑情绪，又相信情绪，情绪将我控制着犹如坐云霄飞车，无数个夜晚都能乐而生悲。但我也学会了理智，无非就是闭上眼重新想过。这是我最像一个机器的时候。人做机器，不过百年有余，互相吞噬了最珍贵的部分，令其消失。

　　夜间下起了大雨，南方的雷是和雨声交缠在一起的。我躺在床上，思索着时间。你就像我心里的影子，伴我跋山涉水。

9.

　　傍晚的时候，天黑走过一程，天空从浅蓝到深蓝，一层一层蓝色的布慢慢地盖上。偶尔会遇上路灯亮起，那些灯在并不算黑的天色中，显得弱小。抬头望，这些路灯那一小团橙黄和暖白似乎更像贝壳里的珍珠，一点点光，不算耀眼。路灯也并不都是一样的，可能有的用了四年，有的是昨天刚刚换上，想到发光的灯泡原来时光短暂，未免有点可悲。

　　有时坐地铁也会见到珍珠，在车头。黑暗的甬道里，两旁的墙壁会被车厢内的光反射出一点点光，就像波光粼粼的湖水，更像贵妇脖子上一串又一串的珍珠，长长的，光泽只在一面。

　　可能我们有时是觉得疲倦了。我看见空荡荡的床在夏天里，黄木的床沿上面有深色的黑斑，有些曾经是我想剥下来的，远远的，我不敢走近。人影呢？消失了吧，夏天里的白色背心就像一条细细的线，穿过了纱窗门，直到树荫。我梦见恐惧，有两次，然后我缩在了被子里。

你就像是一次长途火车到站时，刚下车时感受到的那阵清凉，叫人已经遗忘又忽而被记起。是的，我们的时代已经非常不同了，不再是百年一个定格，而是每天都可以产生新的差异。我想，他爱你那么久，也许一万个世纪了，而我们都掉进了井里。

树叶高高在上啊，轻薄得透着光，印在人的手臂上又毫无踪迹。我带着它们去看电影，高而开阔的空间，有要将头抬得很高才能望见的天花板。换胶片的时候整个厅都是暗的，偶尔手机的微光在空间内变得很渺小，有人在断断续续地聊着，看不清他们长什么样子，只听得到在安静的黑暗的空气中传来的声音，如同曾经停电的夏夜，唯有声音才是真实的。

明明就是爱情，我却想用它来证明许多道理。

逃　亡

果然忘掉当初最安全。

临近凌晨两点的时候，他拨了一通电话，电话那头吞吞吐吐，他在猜那边的人是否不方便，后来另一端的声音用当初他走掉的借口促使他草草结束了通话，那个曾经腻在他身体里的声音说："我想过些平静的生活。"他躺在床上，淹没在黑色里，搜索记忆里的场景。一个人在月光通透的施工工地，一个人在路灯照亮的下坡路，一个人在刮着风的转角，一个人在湿气重重的水果店旁……看来，这是在他的心里，能够回忆的平静。

他还想着那个夏天里他想象的飞行员的故事，飞行员从没在天上过，他只存在于照片里。没有厚重的记忆，没有欲来的雨，没有电话，没有你，每天中午吃饭，看书，睡觉，偶尔想象蝴蝶飞过眼前，那是他少年的世界。少年永远不会忘掉当初，他的眼前从来没有什么是眼前。

少年在弄城记忆的开篇，他的名字叫姜植耀，在竹叶湖水洗刷过的那个雨夜，一场灾难让他明白，他不再寻找，他只是遇到。人的一生中会遇到很多东西，有三分钟的遗憾、五分钟的无奈、七分钟的委屈和他这次六个小时的失落。那一年，他26岁。第二年，弄城有了新的客居者。

他想去看南方的海。那是他第一次见到海洋，24岁。当他想制造空白时，火车绕道海洋，遇到真正的雾气，那个梦不会被提及，被轻盈淹没的海洋不过只是藏在他微微的一缕呼吸中。直到再次来到海边的时候他才明白，原来约定会被淡忘，会在朗朗月光下变成会流入海洋的空气，变成记忆里的失落。

他是在韩舍怂恿他翻墙时找到海棠花的，韩舍推他入绝路，他想起自小翻越的所有的墙，那样的胆战心惊，他不想再次经历。所有的高处都能看见落叶，都有手等着来拥抱。他害怕，前进后退都是现实。姜植耀最怕的是拥抱，那拥抱会让他不安，仿佛于家中望见墙上的树影被夜晚过滤，显得空虚。

注定会被越过去的夏天，也有一道墙，他们翻过去，就能见到河流。那是几个人最后的聚会，有人会表白，有人会离开，大家各自想好了如何若无其事地道别，然后眺望那连绵的山脉。他假装不知道，走上扶梯。爬上高墙时，他几欲想逃，他们都说，跳下去不会有什么。他害怕侥幸，不过每一次都拥有运气，自从走独木桥的时候，侥幸就离不开他了，因此成就了他逃不走的宿命。

那只狗也在看着他们，浑浊的眼睛里一片黄色。太阳下山，天空回转深蓝，他们最后一次拥抱。这是他欠生命的，所有人都尽兴离开，唯独他因为翻墙的那次侥幸而暂时忘记，他快要掉下去，有人牵着他的手，有人出现在他心里。蓝蝴蝶返回到了十八岁。

海棠花香令他想起了那次的经历，记忆慢慢在他的血液中翻涌开来，他的全身都在哭泣，唯独眼睛流不出泪水，危险令他懂得恐惧，但恐惧缝合了他的泪腺。他只在梦里哭过，不算畅快，只是记得那种感觉。那感觉一直在被抛弃，直到找到这通电话。

他渐渐明白生命的分野与消逝。他又被推在高墙上面临选择，前进后退都有奇遇，这奇遇仅仅是需要大方接受的失落。原来，侥幸与他交换的代价，是他心里的失落。心里有许多许多空气，没有一丝能够让他呼吸。

下沉的瞬间，随着雨水来到他的面前。雨一滴一滴地打在他的衣服上，他看着衣服上的雨点，用手触了触，湿湿的，有些春天的味道。春天的铁门湿漉漉的，黑色的漆掉在了他的身上，他翻过去的时候沾了一手的铁锈，他将铁锈擦在包上，又快步走了出去。湿润的空气与他的心连结在了一起，他望着一张面孔，获得了一瞬间的轻松。

这个瞬间，便是局促。

弄城·逃亡

1.

我必须要确定这是不是一时内心充血的幻觉，但那个瞬间我会永远记得，我将感谢你的存在，像一张失真的唱片在身边播放。

有些人就像一个迷幻的魔术，你喜爱他的是假象或是本质都辨别不清。当白光掠过魔术棒，会有眨眼的人们瞧见心中最深的欲望，他们望着魔术师微笑，魔术师就会给他们答案。

那这个世界上有没有一成不变，魔术前魔术后都是一样的魔术呢？

这个很难说。

就像你喜欢一个人，之前与之后是否一致，是你最应分辨的。

2.

那天你在我面前说："不是这样的。"你又想像从前一样把责任就这么推在我的身上。我将手放在背后的桌上，看着你低头折星星，一句话都没有说。白色的光迷梦一样地停在周围，你的同事看着我们两个，不知道发生了什么事情，相互询问，却没有人回答。是啊，闪耀而永恒的那些微尘都停留在了那一年的夜晚，也许新的霓虹经过的时候，我还在迅速调换着脑内的雨景。记忆大门的背后，我绕了过去，看那时的我，看我还在想着什么，想不要面对这一切而分神，时间躺在我俩的中间凝结成冰块。

我想我永远都会记得这个晚上，你在我面前唱起《表面的和平》，让我仿佛回到了许多年前，体会一个人的时光。无论是下雨还是晴天，我好像什么都不用带就可以到处去走，走到累了就想想千里之外的你。从未见过的太阳给天空刷上一层枯黄色。在那个我遗失拖鞋的雨夜，那些遗失的闪闪发光的树叶和路面上即将被清扫的微光，我都会记得。

记得似乎并没有什么用，一万次才会有一次不知道的相遇。我思索灵魂，靠近他并愿意与神相交，我从星星那获得能量，我看天河中没有身影，江水汇泪，山石为墙，我能一日走遍平原，躺在高原上再望一次星空，闭着眼架起建筑，天桥和彩云，又有谁会戴上帽子。

还有，我一向很少梦见你，在那个狭窄幽暗的场所里，所有事情发生之后便会变得困顿。有时我会失去意识，没有能力带你到别的时空；有时我又会格外清醒。我明白，可能是时空外的另一个版本的我们在梦中相遇。一觉醒来终究一场空，我会得到什么？极为苦恼却又很快便忘的记忆吗？甚至梦的内容我都再难想起。你会得到什么？最为安静的一个夜晚？但愿是我亲手偷走了你的烦扰。

3.

让我毫无知觉地被拒绝，然后沦为泥土被铲往新世界，在翻斗车拖拖拉拉的声音中消失，就此不再面对这一切。我被囚禁在轰隆隆的声响里，摒住呼吸形成了丧气的脸。

六年后，我又走回到那片海，沙好像没有变，人所拥有的时间真是渺小，那一片片荧光绿的树影就像一个黑洞，处处都能吞噬到我想到的那一点点，海水击打的礁石也是绿色的，深绿蔓延到黑色的海里，只看见浪花是白色的，被冷风吹着的浪卷起来的呼吸，一直去到远方的船边。

那船在海洋上漂荡，遥遥地牵着我心底流出的小溪，汇向浅蓝的水面泛起水花后，就淹没。我们也算是被清洗过的性灵，越走越远的过程里，谁都没有泥塑出另一个对方且击碎，绑在身上的绳索也随着时间之水浸濡，挥手吧，我的每一个部分都可以在这里被吞没。

静悄悄的，海上没有月亮，远方丝丝缕缕缠绕的天，没有等到最好的结果。

我梦见我上楼梯，在牛皮纸色的光线下远远望着，我看得到他的空间，看不到他的时间了。我在黑暗里收到了你的信息，什么是永远的存在，眼睛充血，看不清虚实，我仍旧在上楼梯，下楼梯，没有了时间，也就没有了他的虚影，像这所房子一样驻扎在暗黄阴影下。情人会幻化成吃人的老虎吗？情人会成为流逝的真理，在我们流动的人生里，我曾经踏上那颗清晰而快乐的石子，如今很快地掉入忧愁的河流，我无法永远地占有真理，就像不能永远地爱你一样。

迂回地走在海边，沙砾从脚底下艰难地流过，我们都被困在了黑夜里，不想存在了。十字路口旁看到的街景，被路灯覆盖着，空荡荡的光压在上面。我们的身影还看得见吗？倏忽间好像已掉进了白天。我要去从树影中寻觅，从宽阔的马路上找到安静。

与那时擦身而过的我，一定怨恨着当时的我们。

围　墙

　　我走在这个夜色如洗的大街上时，天桥底的暖黄色灯光仿佛凝固成了黄油菠萝包一般令人怀念的食物。我走着走着，红绿灯好像自此就没有了红色，绿色与那些橙黄交织在一起仿佛在干枯的树枝间点亮了火苗。那些树都老了，没有一片叶子，枝丫形成网络，为我围起了温热的帷幕。我的人生公路，早已驶出遗憾。我看见高楼大厦里的时间流淌过玻璃，反射出万重身影，不知我的速度能否再快一点，快到能掠过思维，超越其他的存在。

　　我还在想着菠萝包，意识有一些模糊，走了两公里路仍旧遍寻不获，这一晚感觉它是那么那么的远，就快吸引不了我了。我的得不到的思绪已变成孤寂的喟叹。那个时候这里算不上繁华，但绝对热闹。女人坐在霓虹灯光下打量着行人，成就互相的选择，有的人会跟这些女人走，但大多数的人不会带这些女人走。我的青春有一部分是在这里度过的，因为我的朋友总是在这里离开去另一个城市，那个时候我将这里看成是我与世界送别的练习场地。送别的行为持续了数年，然后彻底分别。等我也去了另一个城市再回来的时候，这里的光影已经变得透明了。

不知道为什么我能走到这个地方来，在要寻找食物的前提下，我却忆起了当年的一份友情。拆过的街道重建，走过的痕迹早就已经被抹杀得一干二净，我想起我的朋友穿过黑夜之城的身影，却没有寻到当年的声音。这似乎并不能称之为遗憾，因为我用这段记忆打消了饥饿感。我继续行走在孤寂的街道上，开始想为什么我会出现在这里。

我看着明亮的夜晚没有一颗星星的时候，我便开始想要光，光有许多种，路灯亮得很厉害，有些干净的树叶也会反射出一点一点类似星光的光亮，而且离我很近，近到能看清尘埃。那些光贯穿瞳孔的大门，直到心房里密布每个血管。我感到寂寥，因为光太多，耀眼得令我看不见他人，提醒我又要开始寻找我的朋友。

这是一个平常的夜晚，平常到我觉得地球历史上的万年都是这样度过的，安静的，无垠的，只有草叶发出窸窸窣窣的声音。我模糊地记得我的朋友说要回家，我才想起我忘记了问他们家在哪里。这里是我的家，我回忆起数年前送别的那个夜晚，我的心不在我的身体里，我把那感觉称之为"感应"。

　　我的那么多朋友都回家了，有的去往海边，有的去往山谷，没有人愿意在天桥底下睡冰冷的水泥，嗅残忍的尘埃。

　　曾经自然的力量告诉我，不知道自己为什么在这里，就去寻找答案，即使找不到，也会找到我们要去的地方。于是我看见了那座还在修建的大楼，楼层之间有许多光穿过，钢筋裸露在发亮的夜里，像极了美国恐怖片里的嗜血狂魔。我有一晚睡觉时，曾梦见我心爱的人在这里，他的呼吸和他的表情被压缩成一种类似于液体的东西浇灌在这座没有修葺完的大楼里。那天我躺在床上，觉得生命凝结，世界凶险，只有我的木板床与眼前这幢大楼是真实的。

　　大楼身后燃放起了焰火，有许许多多的炮竹声，我听见其中有一个是我的朋友放的，那个声音与别的不同。于是我走进了这座大楼，它空空荡荡的，好像下过雨，我听见了一种被遗忘的声音。

　　其实这个时候根本已经没有任何声音，但我并非幻听，声音是世界给我们的，不是我内心创造的。世界都变得孤单，哪里还有那么多那么多的声音。我一个人走着，被砂洗过一样的身体处处都透着疲惫，也许想到床的时候，我就应该休息了。我倚坐在红绿灯下休息了几分钟，真真正正的孤独感从地底传来。那种孤独迫使我想要离开，我的心好像离开了我的身体，不受控制，飞在遥远的我也看不见的地方，与我同时在感受孤独，没有一根线能连接我和

"我"，我找了一夜，只是找到"没有"。

当我的心靠近"没有"的时候，我才恍惚明白这些年来我似乎独自犯着一个小错，我总爱信"有"，它令我觉得存在。几十年前的那个黄昏，巨大的山影将我们都欺骗的时候，消失成了人们逃离的行为，他们与我的分离，致使我活在了一个必须有借口的生活里，那借口让我一蹶不振。

我想了想，决定还是起身继续行走。寂静的马路上没有一辆车，只有房屋的影子凝固着。如果有雨，我可以接受世界没有边际，但这天气干燥，湿气都开始往上跑，脚下一片干涸。我似乎在转角处看见了友人的身影，一路小跑着，吧嗒吧嗒的声音震动着电线杆，我双眼盯着前方，就要追上他了。

只是，我一转身，世界是更大的世界，空无一人，只有我。
我瘫坐在地上，怀疑他早已爬出了围墙。

苏守 ··

1.

　　有一个安静的夜晚，窗外不远的地方是一个工地，有很亮很亮的光，但怎么都透不进来，房里是漆黑的。我一边听音乐、一边听你对我说的话，突然才意识到世界之外的嘈杂。所有的声音在我的心里被分得清清楚楚，音乐声、讲话声、呼吸声、心跳声，还有眼神的声音。

2.

小马仔对着大南瓜吐露着一个晚上都想要说的话和那几日里所有的高兴与失望。他说他想走到北极圈去哭一会儿，没有人看见，没有人听见，更没有人明白。运气好的话，或许还会有极光去拯救他这个黄头发矮个子。

矮个子不认识什么白雪公主，偶尔在梦里面梦见自己。梦里有黑色的羊羔簇拥在他身旁，它们都爱矮个子的黄头发。但这不代表他就能交到好运，带来霉运的巫婆往往宁可错杀三千也绝不放过一个，所以这个矮个子大概一辈子都交不上什么好运。

倒霉人的眼睛越来越痛，难道所有的勇气都化作爱的潮汐将他淹没，让倒霉人沉浸在一个悲剧里，他要将他的自由献给悲剧里的主人公，那个只会弹琴的主人公，连自己都要别人来演的主人公。

可是这样的一个人当然不会接受倒霉人的馈赠。

倒霉人又变成了失意人。

失意有没有解药可吃，肯定不会有。每一晚他都变成了不夜城，却灯光黯淡。也许到了头发没了、牙齿掉光的时候，他才会懂得有些东西没有了就是没有了，再也回不来了。Eason唱给他女儿的歌在夜晚听起来很好听。失意人也想起了他的女儿。

他的女儿还要惨过他，没有思想，满身是毒。这是命里带来的唯一现实，反正她也不知开心与痛苦。我好想微笑地对你说，我喜欢你，但表白同恶魔，令人畏缩。与其同一个不明白你、不愿和你交流的人倾谈，还不如把话哽在喉咙里的好。

久而久之，失意的人一定会变成哑巴，失去自己的笑声，不会在大树边歌唱，不会对着邻居说那些没有来由的八卦。那就没有人知道我已出发，可以再到北极圈去哭一次，即使哭不出声音也不会担心没有人听到、没有人看到、没有人明白。

反正，也许，可能，应该，这也是生命的一种。

弄城·围墙

苏守

3.

　　我看见一根头发渐渐落下，飘飘扬扬几千万公里，这世界是否一切都难亲不密，我还不知道。梦，成了我去见到你的最好的方式，浓浓的黑夜里，永远不变的脸庞，还有即将要到来的离别。岁月难辨真假，分别难敌再聚，我看着已经不再熟悉的面孔和仍然熟悉的神情，也许仍然知道你在想什么。一切都是那么自然。

　　我在冰天雪地里，直往上攀，眼睛看见的那些了解，似乎已经渐渐失去。岁月一长，雪就下得频繁，掩盖了那些默契，唯有我大惊失神。用光了默契，也没有重逢，心里有所准备的只留在虚空的梦里。寻常的夏天晚上，我坐在床上读小说，月光透过纱窗，恰巧有一片铺在了地上，下了床去，便看见屋外的施工工地还有人在忙碌着，水泥铁架间发出些许金属的声音。关了电脑后，我们发短信，从文字到文字，没有声音，只有夏夜里难以回忆起来的温度。

我今天坐在黑暗的空间里，看见影像，想到那一晚我们在各自的时空里读书，想象的成为鲜亮的，鲜亮的又已经逝去，唯有那黄色的凝固的月光一动不动，不为我们所变。

那黑暗的小雨，滴在身上凉凉的，我找不到路灯的位置。就好像找不到自己的位置，那些高楼如同浮游生物一样只有星星点点微弱的光亮，身处这海底，仿佛还会不断地被向上推涌。走着走着就会失去知觉了，与水共存于一体，那光亮也要睡去了，要和水一样流走了，只剩下孤独的你了。

走着走着，不过是又过一年。

4.

我明白了，是潮水。

在那些丢失的岁月里，我有时会将你连同雨水一起放进世界里，清清冷冷。任何时间，你都不会再存在。雨水落在耳旁，有一丝清凉会卷进耳蜗，令我想起了你的耳朵，耳朵的背后是混着湿气的黑夜，不必被关注。

低低的夜空里，我走到阳台，仿佛你仍旧于此地抽上一根完整的烟，眼睛凝视远方。已不见了唯一的光，我向上望，栏杆上挂着一件深色的T恤，世界变小，压迫着寂寞。

姜植耀 ···

5.

你和我都留在了温柔的夏天，我在树荫下看着仿佛会发出声音的灯光。刚刚入夜，许多人走来走去，我也走来走去。他们都带着杏黄色的光斑，遮住那些看不见的轻松表情。你走过来，又走进门去，透过白墙，看见你的表情回到了八年前。坐在楼梯上，仰望遥远的时空，原来我已不再是少年了。

他还在天桥上，痛失悲伤与期待，呵一口白气好像便能重头再来。黑夜将一条条路都刷成颗粒，在广阔的世界里变成平面，他总想着在这路上走着走着，不知道什么时候是尽头。地的尽头是什么？是招一招手就会出现的出租车，还是每一个人没有目的地？那些远远的发着光的地方永远只存在于过去。

我和你一起走过马路，遁入不知道是哪里的都市。

6.

真是好多天了，又一次一个人走在几乎无人的大街上，这是多少个日日夜夜的积累呢？少年时期盼的光芒与空荡好像都积聚在这里了。暗金色的夜里，我失去了什么，大脑茫茫一片，感受着天桥上的风来往自由，我向往的自由梦。

在他十八岁那年，曾经有人给他讲3个故事，故事很简单，一个人被世界当作小白鼠，行走的过程中被迫丢失了许多东西，其中有他最宝贵的心和花，那个人一直走到鲜血满地。他因为这个故事，开始了解爱，了解到爱即失去，而那个给他带来这个故事的人，被看成了爱的图腾。

它也是孤独的代表，令我错过。两年多的时间里有很多次这样的夜，都会令我往后退，隐没于建筑后，成为透明。路灯是唯一的光源，并不寄托着记忆。爱是绝望，是一条河的干涸之旅。我们的记忆，渐渐稀少，所有的都被遗忘，哪怕是被动的，成为我们唯一常常会想的悲哀。

我在飞机上睡醒后，透过机窗望见了天空下宁静的戈壁滩，谜一样的寂静。它的凸面的线条在日光照射下形成一道道交错纠结的波纹，而凹面就无止境地暗下去，几乎看不见，于是整个戈壁滩就像是不动的深海表面，浪花被暂停。再遥望天际，远处的山将阳光反射，看上去就是白色，与天联结在一起，一直过渡到黄沙的透明。这就是我看到的世界。

那是一个月亮起起伏伏在白昼的世界，月亮在天空上留一点影，淡淡的，无垠的广袤大地积聚能量，将颜色浸入地面的石子。一动不动的生命和空气，在晚间成了风，将霞光吹散。

我的一生，也许正是如此，一小半的难过，一小半的失望。感受着风吹到几千里外，宁静地消磨。

7.

一个人要修炼成冷漠很容易，因为世界即是围墙。天是被黑遮住的天，有无法逾越的阴郁，你走循环之路，求证生命的相同，不过一场雨、一阵风就能摧毁你的命题。

我还记得那一天我躺在床上，大风把厕所的门吹得使劲地关上又打开，最后门框被震了下来，虽然我看不见，但我听见了那一阵剥裂声。后来在我难过的时候，我就把这一段声音拿来，在心里一次又一次敲击，它让我在冷漠的道路上开始遗忘形象，只剩下声音。我做一个没有名字的人，再做一个没有痕迹的人，这都是一盏路灯教会我的。

每一次喝酒后回家我都记得那条盘旋而上的高速公路，它让我感觉被风吹，感觉到一个人的世界，那是我最近留恋的风景。城市无声，一个人走在轨迹上，后来我把那种感觉写到了世界末日里，成为档案。那是一种逐渐变成冷冻的感觉，唯有接受。

你知道吗？这世界上，每个人都在将你推向孤独。

8.

　　知道那个消息的时候，天色未晚，还有一些没有消失的光亮。我坐在路边的椅子上，放任着闷热的天气的包裹，T恤已经紧紧贴在自己的背上，和我一起坨着。抬头看见前面是一家房屋中介公司，里面的人都穿得整齐，屋里亮堂堂的，让我想起了自己每一个加班的夜晚。那片白光很安静，并不会打扰到路人，我就这么看着它，好像喝水一样。路过一位带着自己小孩的妈妈，妈妈在教孩子辨认路面上映射的光线，那是红色的，这是蓝色的。忽然间，夜就这样来了，但我并不想回家。

　　世界上是存在着一点点小的光亮的，它散落在地底下，形成了脉络。只有孑然一身的那个人躺在地上，这些脉络才会同时被点亮，一丝丝的像血液一样往外延伸。孤独是会发光的，当你躺下来，也是会发光的，但仅仅只有自己感觉得到而已。

　　河岸，我与近神对抗，那力量压迫着我无法不抬头看。阳光只照射到我的一条手臂，似乎可以把皮肤掀开，嵌入些什么。在任何一处都无法停靠的小船，忽然有一天搁浅在一条和近神对抗的手臂里。我又低头，我原意不想要走到河岸，是那阳光令我别无他路。人，被迫的，这不应成为他的意志。她在那个幽幽暗暗的盒子里，也低着头，以盒子为中心的世界都是潮湿的。

　　人都会陷入朴实的温柔之中。黑色的，伴随着静悄悄的声音。

浪 费

　　她看见他走，突然想开口叫他，人们在机场里变得陌生，一些
人带着期待，一些人带着难过。他喜欢此刻，她来送他，在安检口
告别，他同她说谢谢的时候，她有点不好意思，走几步便要回头，
他背朝着安检口目送她远走，机场的大玻璃将灯光反射到他的镜片
上。他要在脑内装进另一个时空，想象她是坐大巴或是地铁，沿途
光明或黑暗，有人上车，有人攀谈，几十条线忽然从一个人身上发
展开来。他拿出身份证，过安检，处理自己不能与之分享的遗憾。

　　他有一次吃饺子，第一口咬下去已经知道馅里有虾，他惧怕海
鲜，海鲜会带来过敏。他想了想还是没有告诉她，因为她回到家，
下饺子给他吃，全程他摊着手什么都没有做。他觉得这样不劳而

获已经像是废物一般，不该再提要求，于是将那些饺子吃光。吃的时候不痛苦，但痛苦终究是无法避免的。夜晚，他躺在床上，全身瘙痒难耐，令他回忆起数年前那个海边的夜晚，她逼他吃下一个贝壳。他躺在床上难过，痒，去挠，再是痛，一个晚上都没有睡着。

原来这些都是为友情埋单。他无法同她确认离别的痛苦，也无法怨她令其拥有难耐的瘙痒。故事的每一个角落里都有被设计栽种的太阳花，弱弱小小，一直生长，这朵太阳花断断续续开了两年。霁月光风，那里的十月仍然是浓稠的，江边上的建筑已是摩天大楼，楼群之间暗含着许多他无法归类的状态。江上的空气每到夜晚就好像可以拥有自己的影子，一个分子变成两个分子，在万家灯火的保护下，形成了一个巨大的空间，这个空间看起来好像一个进行科学实验之地，他远远地望着，要把记忆往里面塞。

他和她成为好朋友，是在那个还算是温暖的冬天里，她为前途着急，他陪她吃饭，告诉她他的选择。之前的一年里，他们数次见面，却不互道心事，各有各的天地，是君子之交。他不断地往前回忆这样的回忆才能足够让人相信，友谊万岁。在友情中有一种强制和干扰，他们之间并没有，所以这个熟悉的过程又被拉得很长。他喜欢这样，回忆起来，许多空气会浮荡在里面，填充起每一个天地。

地铁时空里，好像绿植被照耀在白光下，可以抚摸叶子上的明亮，你在喧闹之中擅于遗忘，只记得这光亮。那是他到达目的地之后看到的情景，他回忆起数年前那个因为过敏而晚睡的夜里，写了一首诗。

清晨四点

白天与黑夜交接的那个小时。
收音机无台可寻的那个小时。
二十一岁之人的那个小时。

红绿灯在大雾中披上薄膜的那个小时。
建筑与我们告别的那个小时。
行人送出第一场声音的那个小时。
我们看不见，以为满足一切的那个小时。

满足的那个小时。
满足。拥有。
所有其他小时的陪衬。

清晨四点没有人感觉难过。
如果你楼下的台阶在清晨四点感觉不错。

——我们就给它三声欢呼，让下午三点到来吧。

如果我们还有再见。

　　而那个道别的夜晚里，他没有看见她，却遇上了一场雨。寒夜的雨无所顾忌地下着，从地铁出来已经是晚上八点半，他抬头望着路灯，雨丝细密，有些像雪，微微发亮。他从书包里取出杂志，盖在头上，低着头走着，《黑暗之光》一直在耳边唱着。夜很明亮，雨追赶着我，就仿佛我带着雨，带着微弱的光芒，移动到那些静止的事物中去一样。银杏树叶贴在地上，到处都是黄色的小扇子，令路面变得萧素，这黄色不易反光，是实实在在的冷清。然后就是这世界，唯有她和雨是有生命的。

　　她回家整理，她觉得好像少了什么，又好像没少什么。生活常常会让我们如此思考吗？并不见得。

　　她在想喜欢，喜欢是他会吃你点的那道其他人吃了一口就再没去动筷的菜。以及，人会长大，面目全非，你却发现他仍然记得你当年的样子。

　　最后，他合上书。他其实也不知道，这样的感情在他的生命里，究竟是共度迷茫、互帮互助的友情，还是一种浪费而已。

　　那天从若城回来之后，他便觉得生命好像站在瀑布旁被溅湿了，他可供消耗的热情，产生了新的能量。他觉得他们比从前更好了，虽然没有说上什么话，也并不是去了同一个地方，他没有去求证，因为不久后的初春，他看见整个弄城变成了一个布满尘灰的水晶球，他相信那一晚闪闪发光的记忆中的奇迹。

有人生活在这个世界上一直都是在挣扎着的，一呼一吸之间总关切着什么。他们不能向前不能后退，在自己的生活里做困兽之斗，恍惚间就过了好些年，日积月累下来的沉淀就以为是收获的感情。感情是双方的选择，不是我们称之的过去。

他会安心度过的这些年，什么都有。一个好友、诸多问候，鞭策他不断向前。面对任何困难，让他变得强大。与她在一起时顿觉回到从前，他刻意回避这种感觉，在她的浑然不知面前反而显得造作。为什么不去经历呢。他一早拿到畅通无阻的通行证，却也早早地成了她的影子。

种种绝对

我喜欢她的一句话
令我找到归属

我喜欢看路多过认路

即使躺在她的车里会睡着

我喜欢电影

我喜欢猫

我喜欢不知名的河边的柳树

我喜欢辛波斯卡多过迪金森

我喜欢我对她的沉默

胜过我对人群的沉默

我喜欢在书包里放着书

以备不时之需

我喜欢确定把一切

都寄托于感性的发泄

我喜欢不变

我喜欢最晚告别

我喜欢和陌生人猜她的谜语

我喜欢线条愚钝的神的插画

我喜欢梦见她的荒谬

多过不梦见她的无聊

我喜欢，就友情而言，可以天天抱怨的不寻常小事

我喜欢讽刺我做任何事情的思想家

我喜欢机灵的，多过让我沉浸的那种悲伤

我喜欢穿雨衣的马路

我喜欢被骗的森林胜过猎人

我喜欢有些提及

我喜欢安静的街道多过满是熟人的街道

我喜欢理性头版多过第三者的留言

我喜欢她见过的花多于长叶子的花

我喜欢一个月剃一次毛的狗

我喜欢明亮的眼睛，因为我总提不起神

我喜欢礼物的设计

我喜欢许多此处未提及的事物

多过许多我也不太明白的事物

我喜欢自由无拘的七

多过排列在许多后面的七

我喜欢星星的时间多于植物的时间

我喜欢摸摸树干

我喜欢去问然后呢或所以呢

我喜欢牢记此种可能

存在的理由不可言说。

苏守 ··

1.

我梦见天刚刚亮的时候，你把客厅的灯打开，撑起更亮一些的
光线，我刚扫完地，对你说有你高中同学的来信。我坐在旁边，无
意但其实也是很细心地瞄了瞄信的内容，你接过我手中的笔，问我
什么样的开头好。虽他也是我认识的，但我没有多说。我在你身边
清理桌上的东西，电视正好停在了七频道，客观性的言语更加让这
个早晨显得有点冷。我抱紧你，看你在写回信，电视里还在放着我
爷爷早晨最爱看的节目，不过我相信爷爷喜欢这个台是因为是阳妹
在那里工作。我抬头看见我们家那盏很旧很旧的吊灯，发着黄光，
摇摇晃晃。

苏 守 ···

2.

我睡在床上，昏昏沉沉地做了一个这样的梦。

我和你在我初中学校的大操场上看文艺演出，和煦的夕阳照在操场上，好像回到了上个世纪的七八十年代，旧旧的篮球架下常常会发生文青式的爱情。不断有人举手说要上台继续演出，我很认真地告诉你，当年我读书的时候文艺演出是要通过老师审查的，精彩的节目一般都看不到。这个时候正好有老师过来，她是我们前面这个班的班主任，我同她聊了几句，说学校一点变化都没有。她看着我，笑着说："是的呀，不过死了很多老师。"她话音刚落，我看见了我在操场上的影子，不知道为什么我会记得那个影子是哪一天留下的，不过只是在梦里那一刻。

再有记忆的时候，是你刚来到我所在的城市。我们从天桥下开始往我爷爷家走，我不停地向你强调如果和别人说有人竟然第二次专程来家乡玩，别人绝对不会相信的。你没有说什么，大概是不明白为什么我要说是第二次，我望着你的脸，觉得和从前有些不一样。我竟然在那一刹思考了很多现实的梦之外的问题。

在那个死过人的天桥底下，我们两个碰到土耳其士兵装扮的人，他们一个人手里拿着一袋白粉，另一个人手里拿着枪，拿枪的那个人看见你之后不知为何像受了惊吓，将枪丢给了你。转瞬之间，我们开始逃离，那两个人一直在人群中追击我们，直到我们被人群冲散。

被追的我又开始出现了我在每一个逃跑的梦里都有的缺陷——我根本跑不起来，每一步都没有着力点，双腿疲软得想要流泪。于是我又像往常一样，拼命地在梦里对自己说，只要脚踏实地，慢慢来，一定能跑起来。幸运的是虽然我跑得很慢很累，但是他们始终没有追上来。

我一个人跑到我从前经常走的那条路上的时候，碰见了我的许多学弟学妹，他们穿着校服一起骑车去春游，他们全都在盯着我看，好像是见过我头上那顶帽子。我遇见了几群这样的人，那个时候下起雨来，令我浑身舒坦。最后碰到的一群学弟学妹没骑车，三五成群地一直在说着自己的生活，我跑过他们身边的时候，一下子感受到了生命的陨落。

弥漫着春天芬芳气息的白日里，马路上的尘埃是清凉的味道，左手是湿润的空气，右脸有轻拂的微风，这好像被春雨清洗过的世界，时刻都在运转。

姜植耀 ··

3.

　　我昨天梦见你的这个梦很长，有两个梦那么长，后来我仔细想想，我所能记得的最后一个梦又好像不是关于你的，只是和你在同一个世界罢了。

　　我梦见我回到我高中清冷的校园，它还是没有翻修前的模样，我一个人走着走着又遇见了你，你说要载我去学校旁的山顶春游。那条盘山路很曲折，我曾经在现实生活中坐车经过一次，那一次我时时有前方就是悬崖绝壁的坏想法。这一次在梦里我看着你，我觉得你这么多年都没有变化。但我要说，开车和你是很不搭的。不过似乎只有这样才能带我去山顶。

　　我想避开你，自己拣一个清静的地方去看山下的风光，运气不好的是我想去的那个坡我爬不上去，只好灰头土脸地又走到你和朋友的身边坐下。我们在山顶的最高处，因为我望见有几簇很清淡很清淡的云在我的脚下。

刚坐下的时候下起了雨，山上的人们开始往下走，你问我想不想一起走。这时雨下得更大了，我们躲进了车里，你一只手拿着纸巾擦拭头发上的雨水，一只手递给我你的毛巾，外面雨滴敲打着车窗，啪啪直响。

在梦里我突然有一种很奇怪的感觉，我将那一刻认为是我人生中第一次经历"九号风球"的时刻。

晚上的时候你开车送我回家，我刚下车的时候又下起雨来。你撑着伞站在路口问我的家人喜欢什么东西，我立马猜到你要送礼物给我，我说不用了，转过身去准备离开。然后你和你的好友拿出五个布偶，它们好像每个都还有一个数字代号，像《向左走 向右走》里的金城武和梁咏琪那样。我笑了，我说我的家人怎么可能会喜欢这个，我也不喜欢这些东西。你似乎感觉到了我情感里的一丝麻木，把伞收了起来，雨一滴一滴地打在你的肩上，你说家里还有想要送给我的东西。

在那个时候我和你说了再见，我朝家的方向走回去的时候，感觉得到车灯一直照着我的路，在光线下我看见细雨洋洋洒洒，其实你送的东西我都是喜欢的。

　　那一个雨夜，和我生命里许多有印象的雨夜毫无二致，静静的，有落在地上的光。就像我和青青曾经说过的，如果几年后我们真会有这样的相遇，我会感谢命运的巧合，并且希望在那个"遇到"发生的时刻，我能回过头来，感谢那个正在做梦、正在预料"遇到"的、过去的我。

4.

我有天晚上做了一个很生活化的梦，情节近乎于某些台湾电影，没有生活的开头，没有生活的结尾，信手取一段就是电影。那个梦里面我见到落叶，在地面上铺满一层一层，生活好像被缝上密密的线一样，也不沉重。然后我搭乘别人的车，在等人，等谁不记得了，等了很久，有个女警察走过来示意我们不能在这停，然后我们就开车绕着马路走了一圈。那一圈我坐在了车的最后，一路有风追着我，停下来的时候，我就快要掉出去了。脚底下就是一条沟，我低头看了看，深深的，没有水，没有我害怕的蚂蟥，只有一些湿湿的青苔。没有等到人，我们就走了，不然我会掉进沟里。这就是生活流，是别人的车，是等待，是女警察，是一圈又有一圈，是风，是沟，还有害怕。

5.

雨夜里你还是闪闪发光的少年，时代变迁促使你变得主动，我回过头去望着你，你好像我眼角处的一点星光。

我在这间教室的窗外一遍又一遍地做室外作业，许久之后我才发现，你原来在教室里上课。你穿着浅蓝色的衬衣，在做题，你们在考试。我在作业快结束时发出很大的声音，想让你意识到我在外面。

做完作业后，我向教室望了望，你已经不在座位上了，正在交卷。我站在你座位正对着的窗外等你，你走过来时，我使劲地拍打窗户，这样你就看见了我。是呀，我们又见面了，我好开心啊，像从前每一次那样的开心。你打开窗子，开玩笑地问我："你是来接我的吗？"我笑着答："是呀，你怎么知道。"你又说："因为今天是你的节日啊。"我迅速地在脑子里面搜索了一下日期，四月？二月？我说："哪是我的节日。"同时也意识到我是在梦里。

他看着我笑，说："天天都是你的节日。"接着他问我到哪一站了，我便同他解释，我说可能还要再迟一点。当我在脑子里过了一整遍理由的时候，我毫无征兆地醒了，我仿佛能看见自己被黑暗的虚空缓慢地拖回现实，我能看见自己慢慢地远离他，慢慢地远离教室，慢慢地远离三月清朗的天气。我就这样醒了。

我望着窗外，这不过是一个还没天亮的下雨天。

这是一个下雨的春天
天还没有亮，寒冷已经通往屋檐
我刚刚做了一个梦
不是寒冷，也不是任何
就是见到你了，又醒了的突然

远远望去的方向是具有力量的，高高大大的树木将它的叶仿佛可以送入一个时空，道路上车和人不分彼此，我越走越远离，好像空间里的弹簧配件，或者是一根想象出来的虚线。我宁愿是虚线，这样看起来好像也没多什么东西。我走着走着，听见声音，是弄城的早晨吗？还是叫人难过的夜晚。躺在十字路口的时候，静静地了解坚硬，和被要遗忘的悲伤。

6.

　　令人失望的是，这一次仍然未能记得全部梦的内容，除了摇摇
欲坠的我在那河上的房屋望着你黑色的面孔，好像什么都没发生。
被洞穿的房屋内部失去了一切的尖叫，即使有风灌入，也会是秋夜
里的舒服，人伤心过后便会害怕，然后被风包裹着，自我消化。

　　屋梁被水纹托着，光影不能被反射，层层浸过我们的周围，越
远的越消失不见，所有的探寻要被揭开，于空间感中升格。这样的
木质结构，应承了我们数者之间的关系，包括时间，被水刷一点一
点地拭去。这便是亘古中的宇宙，有只言片语的半张脸和唯一代表
流逝的波纹。我并不懂得，爱与舍得，哪个会更重要。

　　机舱内愈来愈大的轰隆声，不知透没透过这扇窗，一切惊天动

地始于记忆原始的力量，奔跑能产生风，夜光能令人恐惧，搜寻能克服时间的流逝，所以我要坐在这里不停地被重复折磨。

　　重复真的会令人幸福吗，夏宇？这细雨之上的暗黑天空，密布着冰冷与浮尘，单调且孤独，好像我们反反复复的生活，伴随着永远相同的风光和心情。可能是因为这个原因，我开始对来临者有期待。

　　痛苦是否也会形成建筑？有稳固的地基和无坚不摧的外壳。如果那样的话，它真像一枚炸弹。我爱一个人，体尝了痛苦，进而了解、懂得、构筑、抹灭，这一切像是伴随着稳定关系。他会站在水的对立面，一面是流动的心影，一面便是水照的痛苦，因为呼应，所以更爱。

　　也许我明白的是，要放下舍得，就要先放下痛苦。

有些我们会放下的故事，可能会用这样的结尾。

　　我和你并肩走在迎风的宽阔路面，已再没有不愿拐过的转角，我觉得自己长大了，你依旧低着头，我也依旧看着前路，我们不发一语，任风就这样吹过冬天和过去的每一天。

我从前碰到过很多次，遇到热爱，熬到慢慢消褪。

跋

邬立朋

我走路的时候常常忧伤，各种确凿或与忧伤搭边儿的说不清的情绪。《弄城记》里太多条路，"我"总在走路，每一次却都是新鲜，但一次次又都隐约地相互关联。这是我看过最关心路灯、石子、纸片、行人的书，也让人羡慕，我也想在"那个雨天的影子叠加到今天相同的路线"的时候，躲在"影子里的人群中"。

我把《弄城记》看作"十万人悲伤的总和"，我无法清晰地解释这种说法，就像他笔下的情绪，也像我们的情绪，深刻又抽象。我想象假如100万人买了这本书，30万人读完了它，10万人会被某一段文字击中，而我便是其中之一。那种敲打人心的感觉，就像是我们偶尔会突然停下然后告诉身边的人，此刻我好像曾经历过。"悲伤"有太多种，他写得很全。

苏守曾分别提到他的两种待事态度——"不下定义"和"具

体"，前者大概讲别断定"某某某是这样的人，他一定会那样做（那样想）"，后者就是词本身的意义，例如《弄城记》中，他不概括情绪，却说此刻望星空，觉得那是一床伸手就能掀开的被子。我喜欢这两个态度，因为仔细想想，似乎身边充斥了太多"过分确定"的人，又言之无物。

他说自己的梦想是"帮别人实现梦想"。我总觉得"帮忙"本身是一个需要懂得"恰当"和"实际"的动作，那如果我们每个人内心都需要一个通过"同理心"来疏解情绪的管道，又不喜欢被强行供暖，那《弄城记》会帮到我们。如果你们知道作为影评人时候的他，在评论时有多么犀利严格的话，就更能感受到《弄城记》的慈悲。

最后我忍不住夸赞一下我最喜欢的部分，开篇关于"世界末日"的故事写得真好，克制又深沉，时间河把他们的生命版图冲刷成如今的形状，到了这"最后的时光"，谁都不得不认命，又不过分悲悯，被剥夺了"憧憬"，回望时却能欣赏。在Varsha反复口播出"今天是世界末日，希望你们为自己活在一个不平凡的世界而感到开心"的时候，她就像是作者本身，而"是否告知身边的朋友这一消息"就是你我的决定，再之后关于弄城的一切章节段落，就都成了"故事"，都成了你我的悲喜。

我们把回忆总是看得很重，赋予了太多我们一厢情愿的意义，我希望读者能感受到《弄城记》关乎回忆，也关乎无怨。就像那段"不过若时光倒流，我依然……，我仍旧……，只会……，然后遗忘于荒芜的脑海"，这百分之一的"只会"，才是我理想中回忆该有的用处。

最后的最后，真的希望《弄城记》能被100万人买去看。